赤狐

CHI
HU

沈石溪 主编

[加] 查尔斯·G.D. 罗伯茨 著
汪燕红 译

新世纪出版社
·广州·

图书在版编目（CIP）数据

赤狐 / 沈石溪主编；(加) 查尔斯·G.D.罗伯茨著；
汪燕红译. — 广州：新世纪出版社, 2022.4
（沈石溪挚爱动物小说系列）
ISBN 978-7-5583-2825-1

I.①赤… II.①沈… ②查… ③汪… III.①儿童
小说–长篇小说–加拿大–现代 IV.①I711.84

中国版本图书馆CIP数据核字(2021)第023245号

赤狐
CHI HU

| 出 版 人：陈少波 |
| 责任编辑：秦文剑　黄翩先　许祎玥 |
| 责任校对：毛　娟　杨洁怡 |
| 责任技编：王　维 |
| 插　　画：吉春鸣 |

出版发行：新世纪出版社
　　　　　（广州市大沙头四马路10号）

| 经　　销：全国新华书店 |
| 印　　刷：河北鹏润印刷有限公司 |
| 规　　格：880 mm×1230 mm　　开　本：32开 |
| 印　　张：7　　　　　　　　　　字　数：122千 |
| 版　　次：2022年4月第1版　　　印　次：2022年4月第1次印刷 |
| 定　　价：28.00元 |

质量监督电话：020-83797655 购书咨询电话：020-83781537

人类与动物的心灵对话

随着人们的环保意识日益觉醒，随着中小学生课外阅读蔚然成风，描写大自然和野生动物的文学作品在国内图书市场悄然走红，尤其动物小说，更成为近几年出版界的热门品种。无论是从国外引进的动物小说，还是国内原创的动物小说，都在书店柜台的醒目位置占有一席之地。品种繁多，琳琅满目，蔚为大观。

繁荣景象背后，也出现一些乱象。有些动物小说创作的后起之秀，为了让自己的作品更加吸引读者眼球，把缺口和准星瞄准人性与兽性冲突这个靶心。人性与兽性，是人类进化必须要面对的问题，也是社会文明进程永恒的话题。从这个意义上说，写动物小说，围绕人性与兽性，是一种很讨巧的做法，既有深度又有广度，具有无限丰富的内涵和无限广阔的外延。但同时也必须注意到，因为描写兽性容易使作品出彩，有些作家会自觉或不自觉地渲染兽性，进而赏玩兽性，给作品涂抹太浓的血腥气和太恐怖的暴力色彩。从本质上说，儿童文学是爱的文学，是闪耀人性光辉的文学，是传播正能量的文学。任何关于兽性的描写，无论是人身上的兽性描写，还是动物身上的兽性描写，只能是必要的衬托和对照，用兽性来衬托人性，用黑暗来对照光明。人性永远是第一位的，光明永远是第一位的。我赞赏很多作家围绕人性与兽性来结构故事、创作动物小说，我自己的很多作品其实也着眼于人性与兽性这个主题，但我还是想说，在描写人性与兽性的冲突时，可以轻微摩擦、合理冲撞，只有注意分寸、讲究适度，才能让自己的作品立于永久不败之地。

　　动物小说创作还有一个突出的问题，就是在描写人与动物的关系时，作者往往愤世嫉俗，咒骂人类的贪婪无耻，以动物的保护神自居，以揭露人类身上的丑陋为己任，所以很多作品，包括许多很有影响的经典动物小说，都带有暴戾之气，嘲讽人类、挖苦人类、鞭笞人类，把人类社会当作黑暗的地狱，把大自然、动物世界当作光明的天堂。作者看起来就像挥舞斧头的战将，不由分说一路砍将过去，要为可怜的动物们杀开一条血路。文风当然非常犀利，对肆意破坏环境、屠杀野生动物致使生态日益恶化的人类来说，不啻一剂警醒的猛药。但杀鬼的战将，自己的面目也难免狰狞。这类作品，缺乏宁静美，少了一点雍容华贵的大家风范。

我更欣赏东方民族的智慧，平和豁达，从容儒雅，不走极端。我更钦佩这样的动物小说：中庸宁静、慈悲为怀、大爱无言、大爱无疆，既关爱动物也关爱人类，既欣赏野生动物身上的自然美和野性美，也欣赏人类社会的人文美和人性美。动物很美丽，人类也美丽。对一切生灵，都投以温柔眼光，都施以爱的抚慰，采取理解包容的态度。少一些人与动物的激烈对抗，少一些善与恶、美与丑、爱与恨的激烈对抗，少一些血淋淋的暴力场面，因为人与动物不是水火不能相容的两极，而理应建立相濡以沫、共生共荣的和谐生态圈。

世界原本就不应该有这么多喧嚣、杀戮和仇恨。世界原本就应该宁静、平和、充满爱的阳光。每一种生命，包括人类，包括美丽的野生动物，都应该有尊严地在我们这颗蔚蓝色星球继续生存下去。

这就需要对话。以对话代替战争，以和平代替杀戮，以平等代替歧视，以温柔代替粗暴，以尊重代替仇恨。通过对话建立大自然新秩序：人与动物和谐共存。

优秀的动物小说，就是人类与动物的心灵对话。

从事动物小说创作的作家，无论中国作家还是外国作家，每一位都应该是大自然的守护者，都应该是动物福利的代言人。阅读动物小说，应该让人真切感受到作家对生命的敬畏和对动物的尊重，应该让人真切感受到另类生灵的美丽与灵性。这既是艺术的享受，也是精神的洗礼和灵魂的升华。从而让我们的心灵变得更柔软，让我们的感情变得更丰富，让我们的视野变得更开阔，让我们的生活变得更美好。

这一次，磨铁图书联合新世纪出版社，隆重推出《沈石溪挚爱动物小说系列》，为青少年读者打造了一套优质的动物小说书系，可以说是一件非常有意义的事情。一套书在手，尽览天下优秀动物小说之精华。相信这套书投放市场后，一定能受到广大读者欢迎。

是为序。

沈石溪

2018年12月17日写于上海梅陇书房

序言

在下面的故事中，我打算讲述一只生活在加拿大东部边远地区的狐狸的一生。故事的主人公是一只赤狐，和一般的狐狸相比，他更加强大，也更加聪明，然而他的性格却十分典型，一生的经历也极具代表性。不过，他仍然是狐狸家族中的一员。只是，这只赤狐代表的是身心发展最健全的狐狸，体现出狐狸家族的精明能干。在一群小狐狸当中，往往有一只狐狸体形更大更壮，毛发也更加光亮。同样，故事里的小狐狸中，也有一只特别的狐狸，他更加聪明，更会随机应变。有时候，一只狐狸可能同时具备上述的两种优势：既强壮，又聪明。这只狐狸正是下面故事的主人公。

这是一只特别的狐狸，他的生涯展现出了人们印象中狐狸家族所具备的特点和能力，细心的观察者对这种特点和能力做过真实的记录。总有狐狸体验过故事中的经历，有些狐狸可能未来会经历同样的故事。故事中，狐狸的聪明才智、适应能力和深谋远虑都没有虚构，许多内行的观察者在实地观察中也已充分证明了这些事实，而且，我素来尊重事实。有时候，赤狐似乎会产生一些情绪,极其谨慎的人可能认为这只是狐狸的情绪,而不是人的情绪。其实,人本身就是一种动物,和动物王国里其他很多动物类似,会受到很多情绪的影响。想要全面介绍一种高度发达的物种中的一员,就必须描写他的某些情绪,这些情绪总和人在相同情况下产生的情绪有些类似。某些草率的批评家常常以为,人类情绪就是低等动物的情绪,但实际上,这完全是两码事。

目录
CONTENTS

第一章 生命的代价   1

第二章 荒野的教训   16

第三章 莽撞与鞭挞   28

第四章 独闯世界   40

第五章 邂逅与制敌   53

第六章 尖刺与利爪   64

第七章 破坏陷阱   74

第八章 雪地里的小家伙   89

第九章 杂种狗出丑了   104

第十章 放肆的黑貂　　118

第十一章 顶级猎手　　127

第十二章 蜜蜂入侵　　137

第十三章 黄色饥渴　　146

第十四章 森林的红色之灾　　157

第十五章 红色雄鹿的烦恼　　168

第十六章 落入敌手　　174

第十七章 异乡的天空　　190

第十八章 四面楚歌　　200

第十九章 胜利　　206

第一章
生命的代价

"汪汪,汪汪……"四月的黎明里传来两声犬吠,响彻寂静的长空。一个声音丁零零似银铃般清脆,另一个声音铿锵有力,充斥着兴奋。两种犬吠声夹杂在一起,忽而近,忽而远,毫无规律,仿佛一曲悦耳的伴奏曲。太阳快要出来了,暗紫色的光芒映衬着大地,原野上的风景如同被漂洗了一般温柔可人,和犬吠声配合得恰到好处。眼前是平坦的乡村,有林地,也有偏远的农场。深凹的洞穴里还留有冬天的残雪,像一点点白色的斑点。高地上,向阳的斜坡又长又宽,原始树林里零星冒出半截来高的小草丘,仿佛春天悄悄地来到。白桦林和白杨林开始笼罩上一层层浅绿色的薄膜,整片整片的小草丘也染上了绿意。一棵棵火红的枫树都戴上了玫瑰色的面纱,犹如晨姑娘一般羞羞答答。

汪汪的犬吠声犹如一首曲子,悦耳动听,尽管这声音甜美,里面却隐藏着执拗与威胁,让人难以揣测。第一声犬吠慢悠悠地从雾气蒙蒙的低地里响起,惊醒了一只沉睡的赤狐。这是一只老狐狸，他正在坡顶的杜松树树丛下睡觉，阳光照耀在身上，暖洋洋的。可是刚听见犬吠，老赤狐便睡意全无，变得十分清醒。他立刻站起身，极力辨别犬吠声。他沿着山坡走了几步，山坡上视野宽阔，两三株灌木丛和岩石散落其间，松软的沙质土壤被太阳晒得暖暖的，上面已经长出了一片绿茸茸的草皮。老赤狐走到一个洞口前，然后停了下来。洞口边上有一棵杜松树，四季常青的枝条正好挡住了后面的洞穴。过了一会儿，另一只体形稍小的狐狸也露了面。这是一只母狐狸。只见她从洞口轻快地探出脑袋，站在老赤狐旁边，竖起耳朵，聚精会神地听着远处传来的声音。

那可怕的犬吠声越来越大，越来越近，随着猎狗们的足迹，穿过茂密的杉树林，时而清晰，时而模糊。老狐狸很警觉，灰黄色的脸上闪现出不安的神情。两小时前，他去窥探了附近农场的鸡窝，现在他恍然大悟，当时自己回家时走的路，和猎狗们现在走的正是同一条。尽管回家的路上，老赤狐采取了很多预防措施，三番五次地破坏痕迹，但他知道，正是这些小小的改变最终把猎狗们引来了，山坡上的温暖洞穴快保不住了。就在昨天，赤狐妈妈在小窝里生了五个赤狐宝宝，他们的眼睛还没睁开呢，只能依偎在妈妈身边，奶声奶气地撒娇。赤狐妈妈又瘦又小，她此时意识到，危险就要来了！她张开嘴，露出四颗长长的尖牙，但是没有发出任何声音。然后，她退到洞口，站在那里一动不动，下定了十足的决心。即使强大的熊和黑豹来了，也绝对会怕她三分。

可是，显而易见，对赤狐爸爸来说，想要避免不断靠近的危险，光有勇猛还远远不够。他认识这两条讨厌的猎狗。犬吠声虽然很和谐，但在春天芬芳的空气里却全是敌意。赤狐爸爸知道，这次的对手很可怕，他们勇猛强壮，聪明过人。他回头看了一眼，五个无助的孩子正趴在洞里睡觉。如果想要孩子们活下去，赤狐妈妈就绝对不能参加这场血战。一旦赤狐妈妈死了，或者身受重伤，五个赤狐宝宝的活路也就断了。想到这里，赤狐爸爸竖起了灵敏的耳朵，一只爪子警觉地抬起来。他的脸上洋溢着自信，一切准备就绪。然后他又顿了顿，想听听可怕的犬吠声究竟在哪里。终于，山谷里升起了一股气流，犬吠声也随着空气飘来了，那么近，那么清晰。转眼间，赤狐爸爸飞快地滑下山坡，冲进矮灌木丛，准备急速拦截他的敌人。

狐狸洞穴就在山坡上，几百米外有一条小溪。春天阴雨连绵，小溪的水涨了，哗哗的溪水沿山坡顺流而下。赤狐爸爸顺着溪流的方向往前奔去。他一会儿在溪岸左边，一会儿在溪岸右边，一会儿跑进滔滔的溪流，从一块石头跳到另一块石头，一会儿又在岸边的灌木丛中窜来窜去。这样一来，他的行踪不定，很难辨认。不过，他又一直和山坡上的洞穴离得不远。他穿过之前走的路，还故意待了一会儿，好让新的气味掩盖住旧的气味。

两条猎狗的叫声越来越近了。赤狐爸爸慢慢向前行进，他跑进了树林里一条开阔的通道，四下张望着，想看看猎狗们发现他新留下的踪迹后会怎么行动。没过半分钟工夫，翠绿的白杨林中就冲出来两条猎狗，鼻子紧贴地面，飞快地奔跑着。领头的猎狗毛色深黄，胖乎乎的，耷拉着耳朵，叫得很大声，显得特别认真。看得出来这是一条混血猎狐犬，他的爸爸血统纯正，训练有素，他遗传了爸爸的本能，虽然妈妈血统不纯，但是他的本能还在。他的同伴是一条黑白相间的杂种狗，紧跟在他身后。杂种狗兴冲冲地，一会儿东望望，一会儿又西望望，然后叫上几声，释放一下内心抑制不住的兴奋，显然他对赤狐的踪迹并没有猎狐犬那么上心。杂种狗的爪子长长的，一身卷曲的毛发，似乎暗示着他虽然出身不正，但却有着零星半点的柯利犬血统。

两条猎狗奔跑着，在某一处，他们突然嗅出了温热新鲜的气味。领头的猎狗猛地停了下来，紧紧跟在他身后的杂种狗险些被绊倒。他们使劲地嗅了嗅刺鼻的草皮，然后提高嗓门，大声叫嚷了几声。突然，他们掉转头，朝着另一条小路奔去。很快他们就看见，赤狐爸爸站在云杉林边，正扭过头傲慢地看着他们。两条猎狗吠得更猛了，发疯一般地冲向赤狐爸爸，企图逮住他。可是转眼间，只见赤狐爸爸白尾尖、羽毛般柔软的尾巴在两条猎狗眼前忽地一闪，便跑进云杉树林深处，然后就不见了。追逐之战全面上演。猎物靠近了，所以猎狗把猎物旧的踪迹也忘了。两条猎狗欣喜若狂，大声吠叫着向前飞奔。他们穿过丛林，和山腰上的宝贝洞穴离得越来越远。老赤狐相信自己有体力，也有妙计。他选择了最难走的路面，最危险的沟壑，最复杂难认的矮灌木丛，很快就把两条猎狗引到了几公里开外。和两条猎狗敌人相比，老赤狐步履轻快，毫不费力就能一路领先。但他并不打算远离这两条猎狗，或者铤而走险使猎狗泄气，让猎狗觉得逮不住他，以免猎狗放弃逮他的念头，转而原路返回，直奔他山腰上的小巢。老赤狐想耗尽猎狗们的体力，让猎狗最终远离他的小巢。到那个时候，即便猎狗们想再次捕猎，任他们的眼睛再锐利、鼻子再灵敏，也不能识别老赤狐之前留下的踪迹，也就再也找不到老赤狐的洞穴了。此时此刻，太阳的光芒已经冲出了地平线，给四月里柔软的白云镶上了玫瑰色的金边，整片平坦的原野上到处闪耀着玫瑰色的光芒。光芒所到之处生机盎然：开阔的马路、澄澈的田野、整齐的树林、波光粼粼的河流，一切美丽的景色似乎都聚成一个点，指向远处的光辉之源。原野上的小路齐刷刷地变成粉红色，老赤狐沿着小路往前奔跑，他的身影是那么清晰，在神秘的光辉下显得异常庞大，深红的毛发更加显眼。就在他身后不远处，两条猎狗穷追不舍，极度兴奋，飞速奔跑，带来一种不祥的预感。猛烈的追逐大战持续了几分钟，然后猎狗们消失在森林的十字路口处，清晨也随之来临了。

这只老赤狐是狐狸中的英雄，他勇猛狡猾，精明强干，从不怯懦。现在，他觉得自己已经把敌人引走了，远离了自己的洞穴，是时候和猎狗们玩玩了。老赤狐已经遥遥领先两条猎狗，于是他缩小了步伐，转了三两个圈圈，故意放慢了脚步。放眼望去，到处都是树木丛林，两条猎狗已经完全看不见了。可是，老赤狐的耳朵十分灵敏，他很清楚两条猎狗什么时候会到，到时猎狗们肯定会因为他兜的圈子而晕头转向。突然，猎狗们的叫声传来了，饱含着兴奋和疑惑。老赤狐停了下来，褐红色的脑袋扭向一边，往后看去。如果诡计多端的狐狸也会笑的话，此时的老赤狐一定会哈哈大笑。但现在从吠声判断，两条猎狗已经成功厘清了头绪，重新追上来了。老赤狐再次奔跑起来，不断设计新的线路。

老赤狐来到了一条宽阔的小溪边，溪水里有很多岩石。他跳到一块石头上，紧接着又跳回来，在原先的小路上走几步，然后又往边上跳得更远，最后落在蓝莓林中央的一根树枝上。他从树枝上滑下来，在和之前的路平行的小路上往回走了几步远，然后在干燥的小坡顶上躺下来休息。面前是一棵铁杉树，树枝垂下来形成了一道天然的屏障，正好挡住了老赤狐的身影。他目光敏锐，可以看到身前小路几百米远的地方。

不一会儿，两条猎狗飞奔而来，拖着长长的舌头，吠声中充斥着渴望和凶狠。老赤狐离猎狗们不到三十步远，他冷冷地望向两条猎狗。微风袭来，吹来了猎狗身上的气味，老赤狐

赤狐

厌恶地皱起鼻子。他盯着猎狗，眼睛眯成一条缝，然后又睁大眼睛，此时他并不生气，反而饶有兴致。溪边的踪迹很难辨认，猎狗们迷惑不解。看着两条猎狗手忙脚乱、慌慌张张的样子，老赤狐觉得挺好玩。只见猎狗们涉水过溪，一会儿上一会儿下，使劲嗅着气味。接着，他们又回到近处的溪岸，重复着一样的套路。然后，猎狗们似乎下了结论：逃命的狐狸故意在溪水中行进，试图掩盖踪迹。于是，他们沿着溪水两岸行进，上游和下游各走了五十米左右。最后，他们回到踪迹被破坏的地方，扩大范围，继续不动声色地追寻踪迹。终于，黄色的混血狗嗅出了蓝莓林树枝上狐狸的气味，汪汪地叫了起来，清晨的空气里随即又响起了两种犬吠声。老赤狐站起身来，有点鄙视地伸个懒腰，站在空旷地带，发出了一声啾啾的尖锐叫声，以示挑衅。猎狗们高兴极了，他们喜欢这样的挑衅，于是飞速向前奔去。可是，就在这时，老赤狐消失了，只留下一道刺鼻的狐臊味，萦绕在灌木丛和空气之中。

两条猎狗发现，这一个小时里，他们要么是跑得太远，要么是找不到踪迹。老赤狐一直在给他们出难题，这个难题像个谜一样，他们一大半的时间和精力都用于揭开谜底。他们跑上跑下地浪费了十分钟，围着凹凸不平的牧羊场兜兜转转，这让他们困惑不已。而此时，老赤狐却躲在对面围栏上一块裂开的岩石中间，舒舒服服地躺着，看猎狗们尽情表演。显然，猎狗的叫声惊吓到了羊群，他们乱糟糟地挤作一团，躲在牧场的一角。对老赤狐来说，这正是一个千载难逢的机会。他轻轻一跃，纵身跳上离他最近的一只羊羔，羊儿们的羊毛厚厚的，他踩在羊群背上，跳上栅栏，然后轻快地跳进岩石的缝隙里。两条猎狗觉得，他们的猎物就像突然长出了翅膀一样，"嗖"的一下飞到了空中。追逐大战要到此为止了。可是，突然之间风向变了。西南风掉转方向往东边吹去，微风里淡淡的狐臊味一下子让迷惑的猎狗们豁然开朗。他们立即朝着栅栏欢快地叫着、跑着，而此刻，老赤狐沿着岩石的另一边滑了下来，逃跑了。

狐狸的智慧是无穷的，他们很少在一次逃跑中使出所有的招数。不过这次情况有些特殊，而且，主人公老赤狐下定决心要完成既定任务，让猎狗们彻底死心。他想出了一个计策，而且很可能取得成功。老赤狐对他地盘上的每一寸领地都了如指掌，他记得溪边有一片很深的死水域，一棵小树倒下来横在水面有数年之久，有些部分已经腐烂了。以前，为了图方便，老赤狐经常踩着小树过溪，对他而言，小树就像一座桥。一两天前，老赤狐发现这棵小树已经不行了。这一次，他想一探究竟，看看这危险的小树是否可以助他一臂之力。

老赤狐轻车熟路，径直找到了死水域，身后留下一串清晰的足迹。小树依旧横在水面上。老赤狐跳上小树，感觉小树都要断裂了，但这种迹象很难被察觉。凭借精明老练的直觉，老赤狐知道，小树只能承受他自身的重量。他轻快地跑过小树，心里也有一点点担心，因为他不喜欢把身子弄湿。然后他躲在灌木丛后，静观其变。

两条猎狗循着足迹找到了这棵小树，他们毫不犹豫，继续追赶老赤狐。是时候让小树发挥威力了。两条猎狗一起跳上小树，不妙的是，小树立即陷进了水里，可极度兴奋的猎狗全然没有心情关心是吉是凶。紧接着，小树"咔嚓"一声从中间断裂，两条猎狗猛甩着身子，汪汪大叫着，齐刷刷地掉进了冰冷的溪水之中。

如果老赤狐以为，意外落水足够浇灭猎狗们追赶的热情，那么很快他就会发现自己错了。两条猎狗完全没有分散精力，他们很快游到岸边,爬上岸,再次追赶老赤狐的足迹。不过,此时的老赤狐早已经穿过矮灌木丛逃跑了。

现在,老赤狐厌倦了玩把戏。他决定径直往前跑,远远地把猎狗甩在身后,然后在山丘的另一边甩开他们,任由他们在荒地里循迹。那里石头又多又硬,猎狗们很快就会双腿酸胀。之后,他自己就可以安心休息一会儿,晚些时候可以走偏僻的小路回到岸边的洞穴,见到瘦小的赤狐妈妈。计划天衣无缝,可没想到反复无常的命运之神决定出手了。

老赤狐沿着一条古老的林间小路往前跑去,地上布满青苔,他以为一切都在自己的掌控之中。可恰恰就在这时,一个农民小伙子扛着一把枪,沿着一条大路慢慢走近,这条大路和老赤狐走的林间小路在不远处交叉。农民小伙向着高地脚下连片的浅水池塘进发,边走边装上猎野鸭弹,并没打算捕到大猎物。长途跋涉的猎狗们叫声已经小了很多,时断时续,农民小伙听见了,隐隐约约知道一只猎物正在逃命。他的双眼亮了起来,兴趣一下子被激发了。他摸了摸口袋,拿出一个大弹药筒。就在他伸手的那一刻,老赤狐赫然出现了。

农民小伙没时间换子弹了。他离老赤狐太远,超出了气枪弹的射程。但是，农民小伙是个神枪手，对自己的武器信心十足。他倏地举起枪，开了火。"砰"的一声，子弹飞了出来，在山坡间穿梭，枪管冒出的烟被风吹到一边。农民小伙看到，老赤狐"嗖"一下，轻快地跳进了对面的灌木丛。显而易见，老赤狐毫发无损。农民小伙咒骂了一句，对自己的武器和枪法仍然不失信心。他往前走了几步，仔细检查痕迹，可一点血迹都没见到。"天哪，完全没中！"农民小伙惊叫道，然后又立即大跨步往前走去。他明白，猎狗们永远都赶不上那只经验丰富的老赤狐。他们是在浪费时间，不过时间对他们也没用。可是，农民小伙不会白白浪费时间。在下一个转弯处，猎狗们横穿马路的时候，农民小伙并没有跟着他们。

虽然老赤狐若无其事，十分敏捷地逃离了农民小伙的视线，但是他并不是毫发无损。随着一声枪响，他突然感觉到一阵剧痛，宛如一根烧得火红的针扎进了自己的腰。刚刚那阵突然的射击并没有让他流血，可是现在，他越跑越觉得奇痛无比，感觉下一秒就要死去。他跑得越来越慢，后腿已经没有力量迈出大步了，最后彻底不能支撑自己前进了。犬吠声越来越近，老赤狐意识到，自己已经跑不动了。他找到一块巨大的花岗岩，在岩石脚下停了下来，扭过头等待着。小小的狐狸嘴中，锋利的尖牙闪闪发亮。

猎狗们来了，在离老赤狐十几米远的时候，他们看见了老赤狐，可老赤狐还是站在那里，一动不动。猎物终于出现了！但此时，老赤狐的神情十分可怕，猎狗们也不敢贸然前进了。之前，他们追赶的是一只逃命的猎物，而现在，他们却要和一只陷入绝境、不顾一切的狡猾狐狸厮杀，这完全是两码事。老赤狐知道，命运之神最终还是降临了。可他柔软的身体没有半分怯懦，腰部剧痛反而让他勇气倍增，愤怒无比。两条猎狗意识到，眼前的猎物体重和个头连他们的一半都不到，但却极具杀伤力。

可是，猎狗们只犹豫了片刻，然后便冲向老赤狐，两只猎狗几乎是同时迅速咬向老赤狐的脖子和下巴。他们愤怒地大叫，疯狂地撕咬，结果却发现根本不可能降服这只狐狸。老赤狐一直在默默抵抗，他细长的身体里好像有一股力量，藏着一种弹簧的韧性。他的尖牙碰到了一只猎狗的前爪，便一口咬了下去。猎狗发出了一声惨叫，立即往后跳了几步。可杂种狗很有毅力。他一只眼睛里都是血，一只耳朵都快被咬掉了，但却丝毫没有逃避这场厮杀。就在另一只猎狗重新加入战斗的时候，杂种狗长长的、凶狠的嘴巴一下子咬住了老赤狐颚骨后面的喉咙。在那一刻，老赤狐发出了一声狂怒的咆哮，这声咆哮费力而又含糊，他的身体猛烈地颤抖着，仿佛要报复一般。慢慢地，勇敢的老赤狐在岩石脚下伸直了身子，再也不反抗了，任由胜利的猎狗撕咬自己。老赤狐付出生命的代价，保全了洞穴里的一家。

第二章
荒野的教训

几周以来，孤零零的山脊上，每天晚上都能听到赤狐妈妈高远、刺耳的叫声。那是赤狐妈妈哀悼赤狐爸爸的声音。那天，赤狐爸爸没有回家，赤狐妈妈等啊等，一直等到半夜，然后她循着大致的追赶足迹，终于明白了发生的一切。五个小家伙还在洞穴里嗷嗷待哺，赤狐妈妈没有太多时间哀痛。可每当春天微冷的夜幕降临，一天的捕猎工作停止之后，她的孤独就像泉水般涌来。

现在，赤狐妈妈继续捕猎，不过她万般小心。孩子们眼睛还没睁开，她白天只能待在洞穴里照顾孩子们，直到呱呱的蛙声在山谷的水池里响起，预示着黄昏来临时，她才会走出家门。赤狐妈妈爬上山坡，跑进另一个山谷，之后才开始捕猎。在洞穴附近，她必须采取一切防范措施来掩盖行踪。只要一有可能，她就会溜进刺鼻多刺的矮杜松树丛，那刺鼻的气味可以掩盖她身上的气味，而且尖锐的刺林正好可以防止一些好管闲事的家伙跟踪。赤狐妈妈走过一片高低不平的石头地，离坡顶不远，这时她才全神贯注开始捕猎。

抵达安全地带后，赤狐妈妈完全放松警惕，全身心投入到捕猎之中。孩子们还在吃奶，要想养活他们，首先，赤狐妈妈自己得吃好。她的主要猎物是小林姬鼠，即便是在很远的地方，她都可以察觉到小林姬鼠轻微的吱吱声。其次，赤狐妈妈选择了兔子，兔子很多，容易捕捉。她惯用的技巧是守株待兔，等兔子经过的时候，她就猛扑过去，逮住他们。偶尔也有山鹑很缺心眼，赤狐妈妈就换换口味。偶尔她也会去湿地，凭借自身的狡猾和敏捷捕获一只野鸭。她现在最需要的，是花最少的力气捕到最好的猎物，可是这也正是她最不敢尝试的。错落的偏远农场里，有母鸡、鸭子，也有鹅和火鸡。他们四处游荡，粗心大意，味道鲜美。赤狐妈妈明白，她要为孩子们着想，所以无论如何也不能把危险的人类引来。她不会跑到另一座山谷的农场里，抓上一只肥鹅饱餐一顿，虽然农场离这儿不到十公里；也不会跑到另一座农场逮几只小鸡填饱肚子，虽然距那里只有不到一公里的路程。在这座山谷里，洞穴方圆几公里以内的农场她都不会去，那里所有的家禽都很安全。只要在家附近，赤狐妈妈都会若无其事地从步履蹒跚的鸭群身边走过，完全忽视他们的存在。她可不想自己在街里街坊中臭名昭著，也不想成为公众人物。

正是这样的明智之举，坡上的洞穴才没有受到任何威胁，而瘦小的赤狐妈妈也可以继续安稳地抚育五个孩子。一段时间以来，平原上再也没有响起不祥的犬吠声，大概猎狗的伤口还需要很长的时间才能愈合吧。受伤的猎狗因为疼痛暂时不能捕猎，杂种狗又不想孤零零地出去，他的鼻子毕竟没那么灵敏。一段时间之后，两种犬吠声才再一次轻轻地飘荡在洞穴附近。新生的树叶一片碧绿，遍布山坡，犬吠声穿行其间，若隐若现。可是赤狐妈妈并没有十分惊慌。她很清楚，猎狗们不会发现自己的踪迹。不过她还是走到了门口，眼睛盯着前方。她完全没有遮挡自己，满是敌意地站着侧耳倾听。以前，精明的赤狐爸爸总是半带嘲笑地听着猎狗们的叫声。现在，赤狐妈妈站在那儿，露出长长的尖牙，眯起的眼睛闪烁出绿色的光芒。突然，她身后出现了一群小家伙，他们长着尖尖的鼻头、好奇的耳朵，精明的眼睛十分锐利，透出他们的淘气和天真。对小赤狐们来说，猎狗的叫声很新奇。但很明显，妈妈的神态表明，这种叫声很危险，也很可恶。小赤狐们会意了，乖乖地回到洞里，不敢踏出半步。小赤狐们在幼小的年纪里就听见了猎狗的叫声，也是这种叫声给无数狐狸带来厄运。

春天走了，夏天来了，温暖的低地和多风的高地上夏意正浓。树叶的颜色越发绿了，远处蓝色的环瓦克山也随之变成了深紫色。现在，小狐狸们常常在洞穴外玩耍，好奇地打量着外面精彩光亮的世界。他们还不怎么熟悉外面的世界，但他们已经步入了生活的课堂，无情的大自然就是他们的导师，给他们上了人生第一堂课。小狐狸们天资聪颖，充满好奇，无疑是大自然最好的学生。他们注定会学到很多东西，而且很少受到处罚。不过，即便对他们而言，纪律也是存在的，也是纪律教会他们——大自然的要求极其严厉，所有动物必须严格遵守规矩。

每当早晨的第一缕阳光照到河岸的时候，赤狐妈妈就会出现在离洞口不远的干草坪上。一晚上的捕猎使她十分疲惫，她慵懒地伸着懒腰。随后，小赤狐们也从洞穴里出来了，小心翼翼地注视着前方，不敢去外面的广袤世界探险。赤狐妈妈四肢舒展地躺在那儿，脖子和腿都伸展开来，白色毛皮的肚子十分温暖。这时，小赤狐们就会兴冲冲地爬到妈妈的肚子上，互相推搡着，抢着喝奶，搅得妈妈睡不好觉。最后，赤狐妈妈的耐心也被磨没了，她甩掉孩子们，一骨碌站起来，轻声地警告着，随后又在另一处躺下来。每次只要妈妈有这样的举动，小赤狐们就会认为，妈妈不想再和他们闹了。这时候，他们就会挤作一团，嬉笑着、打闹着，啾啾地叫着，淘气地发着怒，最后，总有一只小赤狐胜出，作威作福地压在其他四只小狐狸身上。每当这时，小狐狸们就好像达成一致，乖乖地停下来，有些懒洋洋地躺下休息，有些好奇地打量着外面有趣的世界。

五个活泼可爱的小家伙是狐狸家族精美的范本，他们外表毛茸茸的，闪耀着明亮的红色；小腿又细又黑，非常干净；鼻子十分灵敏，好奇地捕捉着周围的一切信息；浅黄色眼睛非常明亮，充满着狐狸家族的狡猾和聪明。但是有一只小赤狐，他每次总跑在前头，当大家伙散去的时候，他从来都不躺下休息，而是总想去做一些有趣的事情。他的个头比其他几只小狐狸稍大，红色的毛发色泽更深，双眼显露出一股智慧，暗示他的小脑袋更为机灵。他是第一个发现，自己在草丛中捕捉甲虫和蛐蛐有多么快乐，而其他小狐狸都还在等着妈妈教。赤狐妈妈每次捉活鼠回来，都会让孩子们练习怎么捕鼠，他就是捕鼠最积极的那一个。他也是唯一一个不用妈妈教，就学会追踪老鼠的那一个。离洞穴十五米甚至更远的地方有一根圆木，下面传来老鼠的吱吱声，声音很小，但是他能听见，然后他就慢慢地、偷偷地爬上木头，一动不动地静待时机，最后他总能成功地把那又小又软的灰色老鼠变成自己的美餐。他似乎高效地继承了狐狸祖先的一切本能，与此同时，他又特别擅长向妈妈学习。妈妈总是尽最大努力，孜孜不倦地给孩子们传授技能，这些技能也是小狐狸们应当了解的生存法则。

在小赤狐们的这一成长阶段，赤狐妈妈捕来大大小小的猎物，让孩子们认识森林里各种各样的食物来源。如果是大猎物，比如兔子、土拨鼠，妈妈就会把他们咬死，之后再带回来，因为活兔子可能会逃跑，土拨鼠也一定反抗到底，锋利的牙齿可能会咬死小赤狐。山鹑、家禽以及其他翅膀强有力的成年鸟类也如此，赤狐妈妈会先咬断他们的脖子，免得他们一不小心飞走了或逃跑了。只有小鸟以及其他很小的动物才能够享有活着的特权，被赤狐妈妈挑中，帮助教导小赤狐们。

有一天，赤狐妈妈带回来一条黑蛇，她咬着蛇头，但没有咬死它。黑蛇铁锈色的身体剧烈地扭动着，缠绕在赤狐妈妈的头上、脖子上。赤狐妈妈低声呼唤着小狐狸们，然后，小家伙伴们跌跌撞撞、满心欢喜地从洞穴里出来，很好奇妈妈给他们带回来什么新鲜猎物。可是看到黑蛇的那一刻，其他小赤狐惊慌地后退了，只有一只小赤狐，也是最红、最大的那一只，奶声奶气地叫了一声，跑向妈妈，努力帮妈妈解开缠绕在脖子上的蛇结。当然，他根本没帮上忙。赤狐妈妈用前爪抠住蛇身，黑蛇一下子就从她的脖子上掉了下来，然后她用力一扯，猛地将黑蛇摔在地上。胆大的那只小赤狐没有丝毫的害怕，立刻向黑蛇冲去，防止黑蛇逃跑。瞬间，黑蛇的身子紧紧地缠住了他。小赤狐惊叫一声，其他小狐狸更害怕了，退得更远了。可是紧接着，胆大的小赤狐突然记起来妈妈是怎么制服这个陌生难缠的敌人的，于是，他猛地一咬，一下子咬住了黑蛇的七寸。小赤狐有着针一般尖锐的牙齿，他一阵狂咬，脖子上的蛇身子完全松开了，原先绷紧的蛇身也放开了。小赤狐很自豪，他把两只前爪搭在黑蛇身上，开始享受美食，就像他以前吃老鼠一样，他已经学会了如何吃无毒的蛇。环瓦克山乡村没有响尾蛇，也没有铜头蝮，关于蛇的知识，小赤狐了解这些已经足够了。小赤狐轻松取胜，给其他小狐狸壮了胆。他们看见黑蛇已经断气了，只有蛇尾还在抽搐，于是也加入其中，享用起猎物来。很快，黑蛇就被小狐狸们一扫而光。

小赤狐们长壮了，越来越敢冒险了，生活也变得更加新鲜刺激。赤狐妈妈仍然在夜间捕猎，白天休息，不让孩子们远离家门。妈妈不在家的时候，小家伙们安安静静，藏得紧紧的。可一旦妈妈回家晒太阳，随时准备击退一切不怀好意的入侵者时，他们就觉得很安全，就会不时在坡顶、在灌木丛边叫上几声。

一天中午，天气晴朗，阳光透过树叶间的缝隙洒下来，在地上留下斑斑驳驳的影子。突然，一个奇怪的大黑影飞快地飘到山坡对面，似乎还在那里盘旋了一会儿。赤狐妈妈立即警惕地跳了起来。大个子小赤狐不但比其他小赤狐更勇敢，而且更加警惕。他们正在茂密的杜松树丛下睡懒觉，就在这时，大个子小赤狐也警觉起来。其他小赤狐蜷缩成一团，惊恐地往上看了看。几乎在同一刻，他们的头顶上方响起一阵低沉而又可怕的冲击声，巨大的黑影好像从天上掉下来了。一只小赤狐正躺在坡顶，他已经吓坏了，直勾勾地盯着天上看。赤狐妈妈看见那是一只苍鹰，她知道要发生什么了，于是尖叫一声，跳向小赤狐，企图吓跑这个猎手。可是，苍鹰怎么会被声音吓跑呢？只见苍鹰轻快地落地，卡住小赤狐的脖子，小赤狐一阵轻声喘息，发出一声无力的叫声，然后，苍鹰张开了宽大的翅膀，呼哧呼哧地摆动着飞走了。赤狐妈妈发疯一般冲过去，可此时的苍鹰早已飞到空中，鹰爪里抓着一只软弱无力的小赤狐。小赤狐被抓走后，其他小狐狸战战兢兢地跑向妈妈，只有那只大个的小狐狸——赤狐，仍然继续全神贯注，透过杜松树丛的缝隙，盯着天空看了几分钟。从那以后的很长时间里，赤狐一直都注意仔细观察头顶上蔚蓝色的天空，它看起来十分安全，可是却暗藏杀机。

那件事发生后不久，而且赤狐妈妈还没有开始带孩子们出去正式捕猎，丛林家族的命运之神就再度冲击了这个弱小的家庭。那是一个让所有生物都困倦的中午，狐狸妈妈在一棵灌木下打盹，一只赤狐宝宝依偎在她的身旁，就在山坡不远处，两只小赤狐正在坡顶的沙地里欢畅地挖着沙子。他们也许在想沙地里藏着什么宝贝，或者假装认为是这样。大个赤狐就在不远处忙活着，像往常一样捣鼓自己的一些想法，他决心围捕一只小动物，比如老鼠、甲虫，或者蛐蛐。在某处的庄稼地里，有个小东西明显在窸窸窣窣地乱动。赤狐知道，那庄稼地里必然有一只活物，无论如何他都要捉住它，如果能吃，他就要把它吃掉。

赤狐蹑手蹑脚地往前靠近，仿佛一道红光悄无声息。现在，他只要猛扑上去，就能逮住那只隐形的猎物。就在他准备猛扑的时候，身边出现一阵警告般的颤动。赤狐转过头，幸好没有停下来一看究竟。他思维敏捷，反应迅速，就在转头的那一刻，他飞快地径直沿山坡跑向妈妈。那一刻，他瞟见了一只可怕的、蜷缩着的灰色阴影，一双绿色的大眼睛在堤岸那边瞪着他。紧接着，一只体形庞大的山猫出现在赤狐刚刚逃走的地方。

正在挖沙子的两只小狐狸一下子受到了惊吓，他们惊讶地往上看了看。只见爱冒险的赤狐哥哥正拼命地沿山坡跑来，而此刻妈妈也跳了过来，发出一声凶残的叫声。两只小狐狸跳着分开了，这是大自然赐予这群弱小的小家伙的本能。突然，一只厚重的爪子扑面而来，像钢铁般锋利，扑向一只小狐狸，势不可当，威胁着小狐狸的生命，一张大嘴猛地叼起了小狐狸。然后，山猫带着战利品大摇大摆地跳进了灌木丛。但是，他发现凶猛的赤狐妈妈穷追不舍，于是他爬上附近一棵铺展开来的铁杉树。山猫蹲在一根枝干的枝丫处，爪子紧紧抓着小狐狸。赤狐妈妈绕着铁杉树兜兜转转，没有出声，但她已经愤怒到极点，努力朝树干跳去。此时，山猫蹲在树上往下瞪着赤狐妈妈，龇牙咧嘴，不时地尖叫几声。其实，赤狐妈妈并不是山猫的对手。山猫个头更大，也更加凶猛，不过，他不想和盛怒中的赤狐妈妈决战。这样对峙了大约十分钟，赤狐妈妈对着树干而又无可奈何，只是愤怒地狂叫。最后，她知道自己无能为力，于是掉转头，回到了其他三只小狐狸的身边。

几天以来，赤狐妈妈一家都尤为谨慎。小狐狸们在妈妈身边寸步不离，哆哆嗦嗦，担心可怕的敌人会再度来袭。

然而，荒野家族中，类似的经历很快就会被忘掉。其中的教训的确会被记住，但是那种震惊、恐慌的感觉总会渐渐淡去。很快，山坡上绿树成荫的夏日世界又变得像往常一样欢快，一样安全，只不过多了一丝狡猾的谨慎，已化成了本能和习惯，渗透到狐狸家族的日常生活和捕猎中。

事实上，捕猎现在已经正式融入三只小狐狸的生活之中。对他们而言，捕猎和玩耍一样充满乐趣。现在，妈妈总带着他们一起去捕猎，有时候在夜间，有时候在黎明。小狐狸们已经学会在昏暗的路边伺机而动，等兔子经过的时候就一跃而起，准确无误地逮住它。他们学会了偷袭打盹的松鸡，这是他们的一项任务,以检验谁是最精明的偷袭者。他们也学会了追踪田鼠的老巢,那隐蔽的吱吱声以及窸窸窣窣的声音可以帮助小狐狸找到田鼠的藏身之地。他们还学会了享用甘甜的野果、浆果,这些果子长在山谷里、斜坡上,正在慢慢成熟。小狐狸们现在已经褪去了软绵绵的毛发,并且显示出一种独立的欲望,为此赤狐妈妈不得片刻休息,总得照看着孩子们,防止他们受伤。小家伙们不仅独立了,还有些任性,有些自负,这也是人之常情,毕竟不论是人类还是狐狸,第一次意识到自己有力量的时候,都会有这些想法。不过,三只小狐狸中,那只体形更大、更加聪明、毛发更红的赤狐却最守规矩。他很聪明,十分清楚妈妈的经验远远比他丰富得多。每当妈妈觉察到危险或警告的时候,赤狐总会立刻全神贯注,看看自己应该做些什么,而其他两只小狐狸有时则任性而为,心不在焉。不过总的来说,赤狐一家十分和睦,心满意足,虽然遭遇不幸,但温暖的夏日生活还是其乐融融。

第三章
莽撞与鞭挞

小狐狸们已经习惯离开巢穴自己捕猎了,这是一个关键时期。以前,赤狐的敏捷帮助他多次脱离险境,可在这一成长阶段,他却多次尝到大自然严格纪律的苦头。赤狐妈妈已经被其他两只小狐狸搅得力不从心,他们的自理能力还不够强,离不开妈妈的照顾,因此,从严酷的经历中吸取教训对赤狐来说在所难免。

第一个教训是熊蜂。一天下午,赤狐在半山坡一块小草地里捉田鼠。他灵敏的鼻子闻到一股香味,这味道比老鼠更能挑起食欲。那是一股香甜温暖的味道,带着一丝刺鼻的气味。赤狐的直觉告诉他,这样香甜的东西一定很好吃。可是,直觉并没有告诉他,要吃到所有的美味佳肴都很可能要付出高昂的代价,甚至很难到手。有时候对直觉的期待难免会过高(虽然也有相反的说法)。

赤狐完全忘记了田鼠,他满怀期待地流着口水,循着四周隐隐约约的美味诱惑,饥渴地嗅着草皮,慢慢前进。突然，一股热气冒了上来，一阵浓郁的香味出现在他鼻子底下。一只黑黄相间的熊蜂嗡嗡地从他耳朵边飞过，可是赤狐哪里顾得上，他细长的粉红色舌头贪婪地伸了出来，开始使出浑身解数挖起地来，完全没有注意到自己爪子底下藏着一群发怒的熊蜂，嗡嗡嗡地叫着。

蜂巢上面的草皮很薄，赤狐的爪子很快就触到了蜂巢。他贪婪地将鼻子凑近蜂群和蜂蜜，尝到了蜂蜜的甜美，简直是人间美味！然后，仿佛有一群热刺钻入了自己的鼻头，赤狐又惊又痛，大叫一声往后跳去。嗡嗡的熊蜂开始倾巢出动，狠狠地刺着赤狐的眼睛和耳朵。赤狐四窜逃命，一下子冲进近旁的杜松树丛中。他也只能这么做了，密密麻麻的树枝刷去了那些粘在他身上的熊蜂，其他熊蜂也不喜欢飞进一团茂密的枝丫中，以免弄坏他们脆弱的翅膀。杜松树丛外面的熊蜂们怒气冲冲，嗡嗡地发泄了一阵子，然后就飞回去修缮被敌人破坏的蜂巢。小赤狐躲在杜松树丛里，趴在地上，身上火辣辣地疼。他不断挖着地上冰凉的新鲜土壤，把脸埋了进去。几分钟后，他感觉这个办法并没有效果，于是蹑手蹑脚，痛苦地朝小溪奔去。在溪边冰凉的烂泥里，他可以搓搓耳朵、揉揉眼睛，减轻头部的疼痛。这是他能找到的治愈自己伤势的最佳办法。很快，蜇针的灼烧感就大大减轻，这时赤狐才记起来该回家了。可他头部因肿胀已经完全变了模样，家里人都不喜欢他，赤狐感觉自己就像是一个外人一样。

赤狐在家待了近两天时间，心情抑郁地躲在洞穴深处，不吃不喝。然后，他干净的新鲜血液清除了蜇针的剧毒，他开始变得饥肠辘辘、脾气暴躁。因为他的臭脾气，加上因极度饥饿而鲁莽行动，他受到了大自然的第二次惩罚。

那是一个傍晚时分，家人都还没有准备外出捕猎，赤狐就独自出门找兔子吃。他胃口很大，老鼠远远不能满足他。他来到洞穴上边百米开外的地方，偷偷穿过矮灌木丛，突然，他看见一只黑白条纹的动物正沿着一条乡间小路慢慢走来。这动物看起来一点都不吓人，但却有一股无所畏惧的英气。如果赤狐情绪稳定，聪明的脑袋一定会让他自己先停下来，思考思考再行动。可现在他根本不想停下来思考。他蹲下身子，绷紧神经静静等待，直到他再也忍耐不下去，便从隐蔽处纵身一跃，冲向这只从容的陌生来客。

赤狐的速度飞快，差点就不知不觉地逮住了眼前的陌生来客。就在赤狐的嘴巴快要咬到那动物后脖子的时候，意外突然发生了。陌生来客急转过身，仿佛要宣战一样。他尾巴扬到空中，古怪地抽动着。突然，有种液体喷进赤狐的眼里、鼻里、嘴巴里，打在他脸上，挡住了眼睛，把他呛得半死。他感觉眼睛像冒了火一般奇痛无比，与此同时，一股无法抗拒、令人窒息的气味堵住了他的嗓子眼，差点就卡死了他的喉咙。赤狐拼命地喘着粗气，他不住地呕吐着，非常吃惊，心情沮丧地匆忙跑开，瘫软在林间的苔藓上，浑身乏力。他剧烈地咳嗽，发疯一般用爪子撕扯着嘴巴和眼睛，这东西黏糊糊的，令人窒息。赤狐不断挣扎，想要摆脱这可恶的东西。而此时，陌生来客——臭鼬——甚至都没有扭头鄙视一下士气低落的攻击者，就漠不关心，继续慢悠悠地沿乡间小路走去，毫无畏惧。过了很久，赤狐才重新恢复正常呼吸。在树林间的苔藓上，他抽搐了很久，使劲刮擦着脸部，每过一分钟就爬起来换个地方，直到周围几十米的地方都染上臭鼬的气味。然后，赤狐跑到一块积满灰尘的高地，继续在那里翻身打滚，直到最后脸上干净了，他可以畅快地呼吸，灼伤的眼睛可以看见东西了。随后，他羞怯地跑回洞穴，等着大家伙儿来嫌弃他、责备他。妈妈和以往一样站在门口，对他发出了一声嗥叫，毫不含糊地表示了拒绝。赤狐感觉很丢脸、很伤心，他被迫跑进了小窝上边杜松树丛下的洞里，以前他英勇的爸爸也在那里睡过觉。赤狐在那里待了三天，他很难过，他不能回洞里，甚至也不被允许靠近家里其他人。公正的法官都会觉得，这个时候说赤狐可爱都未免显得牵强。毕竟，赤狐身上的气味真的很难闻。

那几天里，臭鼬的气味还没有完全散去，赤狐自己待在洞里，他发现，自己的不幸遭遇像以前所有的灾祸一样，仍然让他受益匪浅。他的气味迷惑了小动物们，捕猎因而更加容易。在动物们印象中，臭鼬总是行动迟缓，赤狐身上带着臭鼬的气味，躲在暗处，轻轻一跳就能轻松捕到猎物。他甚至通过这种方式来雪洗自己严重挫败的耻辱。因为森林里很快就流传着一个神话：有些臭鼬行动迅速，像野猫一样凶猛。从那以后，环瓦克山的所有臭鼬就发现捕猎越来越难了。

与此同时，赤狐妈妈开始担心了，因为她另外两个孩子开始在山谷农场的附近觅食了。妈妈躲开人类，努力现身说法，告诫两个孩子乱动人类的东西是在犯傻，相当于自杀。她对两个孩子说，毫不费力的捕猎往往不是好事。妈妈的教诲对聪明的赤狐起到了警示作用，可是他的兄妹们却觉得这些教诲太荒唐。如果鸡鸭不是给狐狸准备的，那养他们还有什么用？如果农民不养鸡养鸭来满足狐狸的需求，那农民是干什么的？看到两个孩子有这样的想法，明智的赤狐妈妈决定远离周遭危险的环境，举家搬到森林更深处，离这些诱惑远远的。可是，狐狸妈妈还没来得及下定决心搬家，这个时候发生了一件事情，让她最终下定决心——赤狐又被上了重要的一课。

事情是这样发生的。一天下午，太阳落山前，赤狐坐在一座小山上眺望近处的农场，关注着人和他们身后的动物走的路线。他像狗一般挺直腰板，头歪向一边，半张的嘴巴里吐出舌头，全神贯注，满心好奇。灰色小房子后面，两个男人正在田地里劳作。阳光照耀着院子，地上全是吃的，黑白相间的大杂种狗和黄色的混血狗正玩得十分起劲。混血狗刚从附近的农场回来，专程来看杂种狗。牲口棚后面，一群肥膪膪、懒洋洋的鸭子正在饮马池里游泳。干草地边，一群小鸡漫不经心地捉蚱蜢吃。赤狐眼里充满渴求，他想，最笨的狐狸也可以轻而易举地逮住那些小鸡。他迷迷糊糊地下定决心，一定要认真研究一下人类，这样一来，不用太冒险他就可以学会利用人类。

就在赤狐观察农场的时候,他忽然看到干草地旁边的矮灌木丛里,一个红色的小东西正偷偷地爬过。赤狐发现,这红色的小东西就是他头脑简单的哥哥。很明显,哥哥正在跟踪那些小鸡。赤狐不安地踱着步子,他没想到哥哥竟然这么大胆,但他仍然饶有兴致,像是在支持哥哥。突然,哥哥往前冲去,猛地一扑,稳稳地落在鸡群中间。接着他又急速转身,返回矮灌木丛,嘴里叼的小鸡扑腾扑腾地扇着翅膀,其他的小鸡吓得咯咯大叫,拼命地向农场跑去。

突然听到咯咯声,院子里的狗立刻停止了嬉闹,地里的农民也放下了手中的农活,抬起头来四下张望。

"该死!肯定是只臭狐狸捣的鬼。"一个农民叫道。他叫杰比·史密斯,也是一个樵夫。他拥有丰富的野外生活经验,狐狸靠近家禽时,家禽会发出什么样的警告声他一清二楚。"如果这狐狸逮了鸡,我们一定要让他血债血偿!"于是,农民们急急忙忙跑回家,吹个口哨把两条狗唤了过来。猎狗们激动地跳了起来,很清楚接下来要玩什么游戏。农民从厨房里拿了两把枪,带着猎狗穿过干草地,来到狐狸偷袭鸡群的地方。五分钟后,猎狗们就嗅出了狐狸的踪迹,全力以赴往前追赶。

赤狐站在房子后面的山头观察着,闷热的空气里响起了悦耳的吠声,但是却让人感觉不妙。赤狐竖起耳朵,他知道猎狗们这次追赶的不是自己,他多少可以冷静地听听这声音。

鲁莽的小狐狸偷了只鸡,猎狗们对他穷追不舍,现在他也害怕了。不过他很大胆,死死地咬住那只鸡,径直朝着洞穴奔去,根本没停下来仔细想一想,自己的行为将给整个狐狸家族带来怎样致命的一击。他只顾奔跑,并没有尝试掩盖自己的踪迹。不过,小狐狸很幸运,他走过的地方有一处石头很多,狐狸气味沾不上去。在某个地方他过了小溪,水面很宽,但水不深。猎狗们到了那里之后十分迷惑。他们四处兜圈子,兴奋的吠声不见了,只有愤怒的呜咽。突然,猎狗们再次吠叫起来,他们没有涉过小溪,而是疯狂地沿着小溪往下游奔去。这是一个新的狐狸踪迹。可是他们怎么能知道这不是偷鸡贼狐狸的踪迹呢?赤狐孤零零地坐在山头,听到了追赶的声音突然转向,朝他的方向奔来。一开始,这声音并没有打扰到他。突然,他出现了一种微妙的心灵感应,这似乎是野生动物界里某些动物具备的特殊能力,他预感到,猎狗们在寻觅新的踪迹,而且是他的踪迹。终究,他还是成了追捕的对象。死亡离他仅有不到一百米的距离。意识到这一点，赤狐立即惊慌地跳到空中，跑了起来。他双腿伸直，肚皮贴地，仿佛一条红色条纹在灌木丛中飞快地穿梭。

赤狐没有朝家的方向跑，而是径直朝远离家的方向跑去。惊恐的经历一时间让他的心跳猛然加速，差点喘不过气来，于是他必须不时地放慢速度。尽管他跑得飞快，但仍然没有甩开身后张着大嘴的猎狗。这一切的突然和意外就像是一场噩梦，他感觉很受伤，变得更加惊慌，毕竟他什么都没做，却招来这样的灾难。赤狐来到溪边，这个季节里的溪水很浅，分成了几个小水塘和弯弯曲曲的支流，他只顾着害怕，完全忘记了自己讨厌沾湿身子，飞快地跳进水中。到达溪水中流的时候，赤狐停在一片碎石浅滩旁休息。这个时候，祖辈遗传给他的知识以及他自己的智慧突然迸发出来，及时给予他帮助。他没有寻找另一个岸边，而是转过身来，继续沿中游而上，从一块湿岩石跳到另一块，仔细避免碰到任何可能留下他气味的地方。溪流弯弯曲曲，猎狗们到达岸边时，赤狐早已不见踪影，他已经完全从地面上消失了。猎狗们兜了好几个大圈子，在两边的溪岸寻找消失的气味，直到他们一脸迷惑，满心厌恶，最后放弃。

追捕终于结束了。赤狐心满意足，继续沿着河床往上跑了一公里半，然后走过一段长长的弯路，来到山顶，山顶上布满了岩石。他找到一株灌木丛，躺在下面休息片刻，然后穿过黄昏的夜色跑下山，回到了山坡上的洞穴。心浮气躁的哥哥也在家里。哥哥以为自己轻轻松松地逃脱了猎狗的追捕，带回了美味的猎物，正为自己的凯旋而得意扬扬。可赤狐发现，此时妈妈忧心忡忡、焦虑不安，她没有进洞，而是在外面杜松树丛下休息，直到夜幕降临，开始捕猎。赤狐蜷缩在妈妈身旁，其他两只小赤狐鲁莽无知，仍然待在老穴里。

那天晚上，赤狐在斜坡上边的小野草地里逮了几只老鼠吃。黎明时分，天空一片灰粉色，赤狐回到家，此时，妈妈和妹妹都回来了，正在洞口边隐蔽的灌木丛下睡觉，可得意扬扬的偷鸡贼哥哥却不见了。很快，寂静芬芳的空气中传来猎狗们恶狠狠的叫声，模糊而悠远，但明显这次追捕很重要。黄色混血狗和黑白杂种狗再次出发了。究竟是什么踪迹呢？此时，赤狐一家全都立在灌木丛下，侧耳倾听，猜测着猎狗们追踪的踪迹。猎狗的速度快得惊人，叫声越来越大，径直朝洞穴传来。

聪明的赤狐妈妈知道发生了什么，她也绝不能弄错。"一定是我那鲁莽、顽固的儿子又把猎狗引来了！"赤狐妈妈想。她很生气，惊恐地跳了起来，冲进洞穴，然后跑出来，绕着洞口跑了好几次。赤狐最先开始跟着妈妈练习战术，妹妹虽然没他机智，但也随后跟着妈妈练习起来，可他们都不太理解妈妈的战术。接着，三只狐狸一齐沿山坡上面冲去，到达一块著名的岩架上，周围布满浓密的灌木丛，从那儿他们可以看到自己的家。

赤狐妈妈和两个孩子在岩架上观望了一两分钟，就看到那只愚笨的小赤狐气喘吁吁地跑上山坡，钻进洞穴。两只猎狗尾随其后，大声吠叫着。现在，猎狗们的叫声变了，声音里显露出急躁，也透露着一种猎物到手的兴奋。黑白杂种狗立即开始猛烈地挖洞口，企图进入洞穴，即刻结束这场追捕。可混血狗却更喜欢等人来，他知道，农民很快就到，他们会把狐狸用烟熏出来。于是，混血狗在洞口蹲坐起来，看着他的同伴做无用功，而他自己时不时地吠叫一声，给农民指路。与此同时，赤狐妈妈站在山坡上的岩架上，她也同样清楚很快会发生什么。妈妈已无心等待接下来不可避免的惨剧，她垂头丧气地偷偷逃走，带着两个幸存的孩子，越过山脊，跨过第二个宽阔的河谷，向着偏僻崎岖的环瓦克山斜坡远处跑去，在那里，两个小家伙可能会安全长大，增长智慧，这样他们才有能力对抗人类。

第四章
独闯世界

突然之间流离失所，之后几天里，这个缩小了的家庭四处游荡，没有固定的洞穴，感觉无家可归。突然之间，赤狐妈妈的冒险和报复心理爆发了，又或许因为她暂时无法忍受长期以来的压抑。一天傍晚，太阳下山的时候，天空一片紫色，赤狐妈妈带着两个孩子去了一座偏远的农场，对那里的畜牧场进行了猛烈袭击。这似乎是一场大胆鲁莽的行动，但赤狐妈妈知道，农场里只有一只无用的小土狗，而且农民不善用枪。

小小的农场一片祥和景象。金紫色的光芒把庭院点缀得更加漂亮，久经风霜的小屋、牲口棚和草棚也显得格外迷人。鸭子嘎嘎叫着，大摇大摆地走进了饮水槽周围的泥地，那里也有些谷物。鸡群挤在草棚前的空地上昏昏欲睡，伸着脖子满足地小声咯咯叫，一只接一只跳向梁架间的鸡窝。农场上方的牧草地斜坡上，奶牛已经挤完了奶，一排排栅栏放了下来，一阵阵牛铃的叩击声也响起来了。

突然，三只狐狸偷偷从牛棚后面冲出来，打破了这一片祥和景象。忙碌的鸭子还没来得及惊慌，昏睡的鸡群还没扑腾着翅膀逃离危险，三只狐狸就已出现在他们中间，四处猛冲，咬住了鸡鸭们长满羽毛的细脖子。农场上立刻响起一片嘎嘎、咯咯的鸭叫声和鸡叫声，紧接着小土狗发出一阵刺耳的汪汪声。此时的小土狗和奶牛们都在牧草地里，农民见状，愤怒地大叫起来，沿着牧草地的小径飞快地直奔农场而来。狐狸们根本不惧怕狂吠的土狗，不过，他们也无心等待愤怒的农民回来。三只狐狸一共咬死了将近十二只鸭子和母鸡，消解了一些积怨，然后每只狐狸背上扛着一只肥鸭，从容地快步走过马铃薯田的褐色犁沟，向着树林走去。就在三只狐狸走到树枝下快看不见的时候，他们一齐转过头，看了一眼农民，此时的农民正站在饮水槽边，朝着狐狸们挥着拳头，就像一个生气而又无力的孩子一样。

某种程度上，这次大胆的壮举加速了这个小小的狐狸家庭的分解。有了这次的经历，两只小狐狸似乎认为自己已经完全独立，可以自力更生了。同时，妈妈似乎也逐渐减少对两个孩子的控制。三只狐狸不再相互关心了，他们之间没有任何误解，也没有任何恶意，就这样彼此分开了。对赤狐来说，他对自己的聪明才智很有信心，于是他又回到山坡上的陡坡，找到杜松树丛后面的老家，回到了溪水边老鼠出没的小草地。

当赤狐靠近老家的时候，过去的悲惨场景涌上心头，他十分谨慎，仿佛觉得猎狗们还可能常来这里。当然了，最后他发现这地方已经完全废弃了。干燥的斜坡被太阳晒得暖洋洋的，稀疏的杜松树丛依旧郁郁葱葱，浑身是刺，立得笔直，那叶子形成的屏障后面是一条小溪，欢快的溪水依旧叮咚作响，成了一道道小瀑布和一块块浅滩。只不过，以前圆圆的深色洞门现在却是一片红土裂缝。洞穴已经被挖到底了。赤狐像一个青年哲学家般，没有被感情所困扰，而是重新将陡坡作为了自己的领地。现在，他暂时睡在坡顶的灌木丛下，这也是爸爸以前经常睡觉的地方。赤狐知道，陡坡是好地方，适合狐狸栖息，这里暖和、干燥，非常隐蔽，容易挖洞。陡坡最底下的地方有另一株杜松树丛，从老洞穴那儿根本看不见。就在那棵杜松树下，赤狐挖了一个洞穴，好让自己安安稳稳地过冬。

赤狐专心积累经验、追捕猎物，没有时间为孤独而烦恼。每次醒来时，赤狐都兴致勃勃。夏天的天气一直很好，对所有野生动物来说，这都是一个有利的时节。而此时已值秋季，金黄色的秋天里藏匿着各种各样的动物。棕色的兔子长着毛茸茸的白尾巴，像一个个小小的粉扑，在四周的矮灌木丛里窜来窜去。美味的林鼠一双双爪子又短又细，仿佛一团团影子，在深褐色的树根之间横冲直撞，吱吱地叫着。每一处林间草地和深色草坪上，都有田鼠和鼩鼱成群结队地跳来跳去。一群松鸡从金黄的桦树林间欢快地飞过，灰褐色的翅膀强壮有力，时而发出阵阵惊人的响声。低洼田地边的冷杉林梢，一群乌鸦哇哇乱叫。赤狐发现，这片地带栖息着各种各样的生物，捕猎毫不费力，现在自己可以好好研究周围的情况，积累积累经验了。

现在，赤狐对农民和农民们做事的方式十分好奇。长时间以来，他一直在农庄周围观察、思考，但他聪慧的年轻头脑从未忘记采取防范措施，从未在山谷和山坡上的洞穴之间留下任何踪迹。每次在下山去低地之前，赤狐都会先上山，越过山坡，穿过一条宽阔的多石峡谷，他在石头上留下的踪迹很快就消失得无影无踪。接着赤狐从峡谷的另一边下山，这样，他的足迹看起来就像是从另一个山谷来的，而且是环瓦克山下面的一座山谷。赤狐来到农场后，他毅然放弃鸭子、火鸡和鸡群，极为聪明地选择了经常出没在院子和干草垛里的老鼠。赤狐是怎么知道，农民爱惜的是鸡舍里的鸡群，而不是经常来饲料棚里偷吃的老鼠呢？赤狐经验不足，所以他并不打算报复农民，他还不知道农民的力量究竟有多大。不过有一次，在一片果园后面的一棵树下，赤狐发现了很多被虫蛀过的大李子，他竟毫不迟疑地享用起这饱满多汁的果子来，他觉得，农民对家禽牲畜之外的东西不感兴趣。

　　作为农民行为的年轻观察员，赤狐非常谨慎，他还采取了另一个防范措施：离有黄色混血猎狗的农场远远的，那才是最大威胁。黑白大杂种狗的嗅觉没那么灵敏，赤狐倒没有十分惧怕他。可当他看见两条狗在一起嬉戏玩耍时，他就知道，猎狗对某一类猎物进行追捕的事情极有可能会发生，他自己要做的就是赶紧寻得一处相对安全的地方，越快越好。赤狐并没有公然避开所有犬类，比如见到狗的堂兄——狼，他也不会十分惊慌。令他尤为胆战心惊、十分憎恶的就是那两条猎狗。每次从看台往下看的时候，赤狐就发现两条猎狗兴奋地嗅着他过去遗留的、遍布整个山谷的气味。这个时候，他就会皱皱瘦瘦的深色鼻头，眼里尽是仇恨和蔑视。他记性很好，过去的怨恨在逐渐累积，总有一天，只要时间一到，他一定要让他们付出惨痛的代价。

在年轻的赤狐看来，和人类有联系的所有动物当中，只有一种动物能让他害怕。有一天，他在一个花园护栏的阴影里悄悄前行，忽然听到正上方传来不怀好意的刺耳呜呜声，这声音迅速变为了恶狠狠的犬吠声。赤狐大吃一惊，后退三步，抬起头来看。只见护栏上方蹲着一只浅灰色条纹的动物，胖乎乎的脸，瞪着一双圆滚滚的绿色眼睛，长长的尾巴上毛发乍起，脊背高高拱了起来。一听见那尖锐的声音，看到那双怒火中烧的双眼，赤狐的记忆一下子被拉回到那可怕的一天。就在那天，一只山猫在灌木丛里逮住了他。当然，眼前护栏上这只呜呜叫的危险动物绝对没么大，赤狐确信，如果真的打起来，他也肯定能赢。不过他不想打架，于是就呆立在那儿，紧张地和山猫对峙了几秒钟。山猫大概知道赤狐很怕她，于是慢慢地沿着护栏顶部行进，大声叫着，发出了最恐怖的吼声。赤狐待在原地一动不动，直到这恐怖的幽灵离他不到两米远。然后他猛地转过身，灰溜溜地逃走了。赤狐消失的那一刻，山猫拼命地跑回家，仿佛后面有一群坏蛋在追她。

这一时期，赤狐最喜欢观察人类，他觉得自己乐在其中。现在，他印象最深的有两个人，在他看来，这两个人和其他人很不一样。一个是农民猎人杰比·史密斯，他有一只黑白杂种狗，是他用枪打死了赤狐的爸爸。当然，赤狐并不了解实情，即便他知道，也没人会相信。然而，慢慢地，年轻的赤狐开始发现，在这一带的所有人当中，杰比·史密斯是最危险的人物，他们之间根本无法和解。赤狐下定决心，一定要认真摸清杰比的习惯喜好，这样才能够彻底躲开他。是杰比·史密斯教会了年轻的赤狐什么是枪。杰比从房子里出来，手上握着一把黑色长棍一样的东西，对着空中飞过的雁群打了一枪。只见黑棍子一头喷出红色的火焰和蓝白色的青烟，然后就听见一声可怕的巨响在山间回响起来。紧接着，一只大雁掉了队，"扑通"一声，重重地摔在地上。没错，这个人真的太危险了。几天之后，草木翠绿的颜色逐渐褪去，秋意渐浓，天气也变冷了。这时候，杰比在农场里用木头生起了一堆火，把土豆煮熟了，喂了猪崽。赤狐越想越怕，与此同时也越来越好奇了。黑锅周围蹿动着的赤黄色火舌看起来十分吓人，杰比用手轻轻碰一下木头，恐怖的火舌就跳出来了，像极了黑棍子一头射出来的红色火焰,是那红色火焰杀死了高飞的大雁。即使赤狐住在另一座山谷,远离农场,每次捕猎甚至安稳地蜷缩在山坡上杜松树丛下的时候,赤狐一想到杰比的火焰就吓得瑟瑟发抖。他一直没有安全感,除非他亲眼看到杰比究竟有什么图谋。

另外一个让赤狐十分感兴趣的人是一个男孩。他所住的农场要更远一些,不过那是最大、最繁华的农场,所有边远农场该有的东西那儿都有,除了一样——狗,这可真凑巧。男孩以前养了一条狗,是一条牛头梗,很讨男孩喜欢。牛头梗去世后,男孩就再也没养过其他狗了。男孩很开朗,长得很壮,总是一个人住、一个人玩,喜欢游泳、皮划艇、溜冰、骑马等一切的户外力量型运动,可是他又很爱学习,而且对书本的热爱丝毫不亚于对野生动物的喜爱。不过,在男孩所有的兴趣爱好里,他最感兴趣的还是森林知识。在林间,他可以像野生动物一样悄无声息地行进,目光敏锐,警惕地听着周围的所有情况。由于男孩行动轻便,不愿杀生,稚气未脱的蓝眼睛透露出一股沉着冷静,因此,很多野生动物慢慢地不再那么讨厌他了。但这并不是说最和蔼的动物也喜欢男孩,甚至是喜欢人类，而是说动物们对男孩的恐惧感减弱了，他们不再那么在意了。因此，在这个很多动物安家的神秘寂静的野外，男孩得以近距离地观察到很多动物的生活习性，对一般人类来说，这似乎是个特例。

对赤狐来说，男孩让他着迷的程度仅次于杰比·史密斯。可是，在这种情况下，赤狐的恐惧和对人的敌意就消失了。赤狐完全是受好奇心的驱使才去观察男孩，假如男孩也有同样的机会，他也一定会这样观察赤狐。男孩在林间悄悄穿行，无声无息，他观察着，侧着耳朵听，满怀期待，宛如一只野生狐狸，赤狐觉得他就像一个谜。为了揭开谜底，赤狐总是喜欢小心翼翼地跟着男孩。由于过度紧张，最后男孩发现他的时候，赤狐自己都没有料到。几个星期以来，赤狐一有机会，就以同样的方式研究男孩的一举一动。过了一段时间，男孩终于有了研究赤狐的机会。一切发生得很突然。自从那次在果园里，赤狐发现李子掉了一地，他一连吃了几天李子。几天后，赤狐偶然在山谷边看见了野生葡萄树，上面挂满了沉甸甸的葡萄。环瓦克地带葡萄树很少，但这棵葡萄树却长在一个肥沃隐蔽的角落里，枝繁叶茂。弯弯曲曲的枝条缠绕在周围的枯树上，一串串熟透的紫色葡萄十分诱人。

赤狐在一旁观察着眼前不知名的水果，心想这水果一定美味极了。他想到了李子，忍不住流口水。有一小串葡萄低低地挂在一根葡萄藤上，赤狐尝了几颗。没错，和他想象的一样美味可口！可是，其他的大葡萄都高高地挂着，赤狐够不着。他用力往上跳，绷紧神经，张大嘴巴，可还是一颗葡萄都够不着。他围着葡萄树直打转，试图找到法子。他试着爬到树上，可是哪里爬得上去！爬树就像他跳起来一样没用，还是吃不到葡萄。

聪明的赤狐一向很执着。可是，有时候聪明和执着却是陷阱。他蹲坐下来，全神贯注地想点子。突然，他发现这棵大葡萄树的枝蔓都缠绕在支撑树上，他可以沿着树干往上爬两米左右。可爬上去似乎也没什么用，毕竟也够不着葡萄。但最后，赤狐终于发现了一个地方，爬上树干后，他可以跳到那儿，那里的葡萄藤可以供他落脚，这样一来，甜美多汁的葡萄就会在他的头顶上方了。他没花更多时间考虑，而是谨慎地保持着平衡往上爬，最后使出浑身力气，跳进了空中。

赤狐仔细筹划每一个动作，成功实现了目标，稳稳地落在了计划好的葡萄藤上。可他没有想到,葡萄藤弹性很大,容易弯曲。藤蔓东倒西歪,偏离了中心,毫无规律可循。他拼命地挣扎,用爪子和嘴巴紧紧抓住藤蔓维持平衡。迷惑不解的赤狐抽动着身体,最终还是摔了下来。

不幸的是,赤狐并没有完全摔下来。葡萄藤不愿意撑着他,但似乎也不想让他走。一根难缠的葡萄藤紧紧地缠住了赤狐的一条后腿,把他头朝下吊了起来。

运气不太好的冒险家赤狐扭动着身子,试图用牙齿咬断藤蔓。可是,灵活弯曲的藤蔓并不买账,每挣扎一次,藤蔓就缠得更紧了。意识到这一困境,赤狐惊慌失措,开始疯狂挣扎起来,在树叶间发出巨大的声响。他挣扎了几分钟,直到最后筋疲力尽,再也动弹不了,于是索性听之任之,可怜地吐出舌头,半睁着眼吊在青褐色的阴影里。

恰恰就在这时,男孩来了。他灵敏的耳朵从远处捕捉到葡萄叶间不寻常的骚动,这时候周围的空气都静止了。男孩偷偷地靠近,以免错过难得的场景。就在赤狐奄奄一息的时候,他突然出现了。年轻的赤狐四肢重新挣扎起来,然后,他意识到已经没有希望了,于是松懈下来,眼睛闭得只剩一条窄窄的缝隙，就像死了一样。

男孩立即对赤狐的遭遇深感同情，他往前跑去，解开藤蔓，为自己没能及时前来救下可爱的狐狸而难过不已。男孩对狐狸有着一种特殊的兴趣，他很敬佩狐狸的聪明和沉着。他把眼前这只软弱无力的狐狸抱在怀里，抚摸着赤狐鲜艳浓密的毛发，灰色的眼眸里满是怜悯。他以前从来没有看见过毛发发亮的狐狸。他心里想，现在总算可以有一具上好的狐狸皮了，于是抓起赤狐的后腿，毫不在意地往肩上一甩，转向了家的方向，没有半点的愧疚之心。

然而，就在男孩将要离去的时候，他脑子里闪现出又大又紫的葡萄串，刚才他只顾着狐狸，竟然没注意到这些葡萄。怎能白白丢下这些熟透的葡萄呢？当然不行！于是他急忙转过身来，扔下死狐狸，开始大吃起来，直到嘴巴和手指头全沾上了紫色的汁液。饱餐一顿之后，男孩打了个饱嗝，感觉有些吃腻了，转而装了满满一帽子葡萄，最后才转过身来捡狐狸。男孩惊讶地盯着地上看了片刻，揉了揉眼睛，却发现刚刚自己漫不经心扔在地上的死狐狸——那只看起来完全没有生命迹象的狐狸——不见了。很快，凭借对于野生动物的了解，男孩猛然觉悟——自己是被这狐狸给骗了。他咯咯地笑了，心里充满了对狐狸的敬佩。没了狐狸，他只能带着满满一帽子的野葡萄回家了。

第五章
邂逅与制敌

赤狐为自己智胜男孩而感到十分得意。现在,他的胆子变得更大,从而低估了人类所具有的优势。不过,赤狐很幸运,因为他很快就得到了一次沉痛的教训。一个清凉的早晨,杰比·史密斯带着一把枪出门打松鸡,赤狐偷偷在后面跟踪他。突然,一群看不见的鸟儿从头顶飞过,杰比迅速转过身来,恰巧看见一只亮晃晃的赤狐吓得缩回了矮灌木丛。杰比枪速很快,他举起猎枪,立即扣下扳机。不过,杰比的子弹是用来打松鸡的,而且是远程射击,只有几片铅灰色的弹片从侧面打到了赤狐,在他的皮肤表面蹭了几下。但赤狐立即跳了起来,受到了极大的惊吓。他撒开四条腿,肚子贴地,像一条红色条纹一样在小白桦林间逃窜。接下来的几天里,赤狐感觉到身子侧面又痛又痒,不管用什么办法都不能缓解。后面几周时间里,只要是有人去的地方,他都离得远远的。

大约在这个时候,年轻的赤狐遇到了几件让他惊奇的事情。一天清晨,天刚刚破晓,赤狐从杜松树丛下起身,发现枯叶上附了一层古怪的、薄薄的、亮亮的霜,草垛被太阳晒成了棕褐色,脚踩上去硬硬的、脆脆的。赤狐一脸迷惑,他闻了闻白霜,尝了尝,发现这东西什么味道都没有,只是凉凉的。这个时候,空气变得异常寒冷,赤狐想,是时候搬进之前挖的洞穴里了。太阳越升越高,冰冷发亮的白霜消失了。他很快开始动工,终于把这洞穴弄得像个家了,于是就住了进去。他很快就把杜松树丛下的小窝忘得一干二净。

搬家之后不久,赤狐就知道了什么是冰。一个寒冷的早晨,高高的天空上刚刚抹上了第一缕玫瑰色的亮光时,赤狐就来到一个小池边喝水。他惊讶地发现,自己的嘴巴触碰到了一种看不见的硬邦邦的东西,这个东西挡在自己的鼻子和池水中间。一开始,赤狐有点迟疑,谨慎地往后退了退,然后四下里瞅瞅,看看周围有没有异常情况。然后他闻了闻,舔了舔,后来越发大胆,竟然用鼻子使劲撞击起来,最后冰终于破了。赤狐似乎满意地解开了谜底,喝饱水后就开始捕猎。当天晚些时候,赤狐恰巧又来到同一个水池喝水,却惊讶地发现,那层奇怪的、硬硬的、看不见又可以击碎的东西不见了。他不安地四处寻找,对当前的情况完全摸不着头脑,直到他发现一些没有全部融化的冰，于是他又高兴起来，仿佛已经想通了原因。

　　霜和冰让赤狐已经十分吃惊了，但当第一场雪降下的时候，赤狐却更感惊讶。一天早晨，由于上半夜外出打猎疲惫不堪，赤狐一觉睡到天亮。就在他睡觉的时候，天下起了雪，地上的积雪足足有两厘米厚。睡醒之后，赤狐吸吸鼻子，走出洞穴。这时，风已经停了，只见轻飘飘的雪花洋洋洒洒地落到地上。第一眼看见外面的世界瞬间褪去所有的色彩，赤狐猛地往后一退，缩到了自己的洞穴最里头。外面白茫茫的一片，这种难以解释的现象让赤狐十分害怕。片刻之后，赤狐的好奇心涌上心头，他重新鼓起勇气，回到洞穴外。不过，他还是不敢往前迈步。他小心翼翼地探出脑袋，往四周看了看。这白色的东西盖住了一切事物，唯独没有盖住光秃秃的硬树枝，它究竟是什么？赤狐感觉它很像羽毛，如果真是羽毛，那么此前一定有很多动物死于非命。可是很快，赤狐的鼻子告诉他，这并不是羽毛。于是，他拿起一点雪放进嘴里，然后，他奇怪地发现雪立即消失了。终于，他迈开了双腿，走了出去，想要更加全面地研究一下这白色的雪。可是让他不舒服的是，他的爪子很快就湿了，而且还很冷。他不喜欢弄湿爪子，于是又钻回洞里，将爪子舔干。赤狐在干燥的洞穴里待了一个多小时，既生气又惊奇。空气慢慢暖和起来，雪渐渐地融化了。赤狐出了洞穴，谨慎地一步步往前走。一整个上午，他都被周围的雪景迷住了，根本没有出去捕猎。直至下午时分，他感觉饿极了，才暂时把难以解释的、改变了眼前世界的雪景忘记了，开始认认真真地捕猎。大约十天后，出现了一次强降温霜冻，鹅毛般的大雪从天而降，不过赤狐已经完全适应了。他已经毫不在意暴雨暴雪和严寒气候了。

这段时间以来，赤狐时常在路上发现妈妈和妹妹的踪迹，气味告诉赤狐，这绝对是她们的踪迹，但他却一直都没有看见她们。每次遇到这些踪迹，赤狐总会满怀欣喜地闻了又闻，可他并不想追寻这些踪迹，或重温这昔日的美好回忆。有时候，他也看见过其他的狐狸，但是像他的同类一样，他不喜欢有其他狐狸陪着，因此，这也导致他总是形单影只。此外，他也不想让其他狐狸闯入他的私人领地。他虽然年轻，但精力旺盛，十分成熟。他很快就要满一周岁了，已经完全准备好为保护自己的领地而战。

然而，赤狐怎么也没想到，这种不受干扰的自由要想维持下去，就必须要付出一定的代价。他的领地让很多野生生物嫉妒不已，谁让他的洞穴既隐蔽、干燥，又温暖如春呢？他不在家的时候，各种各样鬼鬼祟祟的流浪者都来造访过——有黄鼠狼、土拨鼠、水貂、黑蛇，不过他们都很聪明，在主人回家之前就乖乖地离开了。只有一只无礼的老土拨鼠，身经百战，十分勇猛，正好和他的坏脾气十分般配，居然赖在洞口不走了，打算把这块地占为己有。不过，那天赤狐恰巧在另一座山谷捕猎，路途遥远，老土拨鼠白白等了几个小时，最后慢慢泄气了。他记起来还有一些其他的洞，如果不能偷，那他就得挖。他也知道，万一打起来，谁胜谁负都不一定呢。于是，土拨鼠沿山坡往下走去，来到最近的一块萝卜地里，就在他偷萝卜的时候，黑白杂种狗瞅见了他。一场大战之后，土拨鼠被咬死了。赤狐永远都不会想到自己逃过了一场残酷的生死大战。他这么聪明强壮，一定会打败土拨鼠，但是也肯定会因此身负重伤。

有一天，赤狐嘴里叼着一只松鸡，心满意足地一路小跑回家，却发现有只狐狸在他前面留下了新的踪迹，一直延续到了他家门口。他嗅了嗅气味，发现来访者是只陌生狐狸，一股隐

赤狐

隐约约的敌意使他背上的毛发立即奓起来。对赤狐来说，不论何种造访，即便不算入侵，也算乱闯。他加快步伐，跑到了杜松树丛边，正好看见那个闯入者在洞口探出了半个身子，竖着耳朵，露着牙齿，细长的眼睛缝隙里透出一股放肆的蔑视。

赤狐心底燃起一股前所未有的怒火，他感觉既受伤又极为愤怒。他放下松鸡，悄悄扑向闯入者，对方也没有躲避。很快，两只狐狸打了起来，也没有什么对打的姿势，而是一阵猛咬。他们死死揪住对方，扭成一个红色毛球，沿着山坡滚了三米远。然后，他们猛地撞上了一块石头。两只狐狸停在那里，赤狐在上，他按住敌人的脖子疯狂撕咬起来。

被困在石头边的闯入者现在明显处于弱势了。他的血和赤狐的血混在一起，流进了自己的眼睛里，差点就看不见了。突然之间，乱闯的狐狸觉得自己做错了，感到十分后悔。他猛地翻了个身，挣扎着站起身来，绕过赤狐的后腿，纵身一跳跑掉了。赤狐立即转过身来，朝那只狐狸看了几秒钟，然后又向他冲去。那只陌生的狐狸并没有停下来道歉或者解释，而是跳进最近的灌木丛，飞快地逃走了，换作是人，也会由衷相信他是真的后悔了。赤狐又追赶了一百多米远，为自己的胜利而兴高采烈，然后他回到山坡上的洞穴里，慢慢舔舐自己的伤口。

这件事情结束后不到一周，又出现了一只陌生狐狸。那天下午，赤狐正打算出门捕猎，突然看见洞穴下边二十米远的灌木丛边有一只狐狸，犹犹豫豫地站在那里。赤狐立即毛发直立，架势极不友好。他蹑手蹑脚地往前走去，准备再大战一场。可是，这只陌生的狐狸似乎毫无敌意。他脸上带着一种犹豫不决，更确切地说，是一种要逃离的冲动。因此，就在赤狐前进的时候，他的敌意慢慢减少，直到最后，他只是想弄明白来访者究竟有什么目的。他脖子和肩上竖起的毛发变平了，警觉的双眼中，危险的凶光慢慢消失。陌生的狐狸谨慎地等着，似乎马上就要逃走了，但她并没有逃，而是转过头来看着赤狐慢慢走近。

赤狐离那只胆怯的狐狸只有五米远了。他停住了脚步，坐了下来，侧着头，半张着嘴，轻轻吐出舌头，表情温和，饶有兴致。陌生狐狸明显放心了，她也坐下来，转过头来面对着赤狐。两只狐狸保持着这样的姿势，亲切地对视了一两分钟。最后，赤狐欢快地跳了起来，一路小跑到陌生狐狸跟前，友善地嗅着。两只狐狸都很高兴遇见了彼此。玩耍了几分钟后,就开始追逐打闹起来,一起并肩穿过矮灌木丛,似乎在追逐中习惯了彼此的陪伴。

赤狐心里产生了一股从未有过的自豪和快乐,他一路小跑,目光只停留在身旁娇小的同伴身上。他眯起眼睛,张开嘴巴,显露出一股傻傻的满足表情。然而,年轻娇小的母狐狸神情专注,认真捕猎,对自己的猎物十分冷血。她一会儿突袭了一只出来觅食的粗心老鼠,一会儿捕到一只受伤的雪鸟,当时,那只雪鸟正惊慌失措地跳向杜松树林。后来,她绕着一棵大山毛榉树根慢慢爬着,神不知鬼不觉地捉住了一只正在打瞌睡的兔子。原来,她利用自己灵敏的嗅觉,早就发现这只兔子了。年轻母狐狸的技巧和勇猛让赤狐非常高兴。两只狐狸在脏雪地上享受着这顿兔子美餐,他们的感情因此变得更加深厚了。

饱餐之后,两只狐狸一起朝家的方向走去。他们绕了一个大圈子,来到了这一地带的边缘。可是很不凑巧,此时混血猎狗正懒洋洋地一路小跑过来,打算去看看他的好朋友黑白杂种狗,就在这时,他嗅出了两只狐狸刚刚留下的踪迹。狐狸的气味很新鲜,也很诱人,混血猎狗来不及等杂种狗了,他兴奋地叫了起来,独自冲进了树林。

当严寒的晴空里响起猎狗不祥的声音时,两只狐狸离小路只有不到一公里的距离。他们立刻停下来,抬起一只脚,像两尊雕塑一样一动不动,极力分辨着这声音。叫声里只有一只狗的声音。很显然,这次只有一个敌人在追捕他们。两只狐狸询问似的对视了一眼,仿佛未经讨论就已经达成共识。然后他们继续往前走,只不过速度加快了一点点,但绝对不是飞速逃跑。赤狐不想逃跑,身旁娇小的同伴几小时前刚看见赤狐时十分胆怯,现在这胆怯似乎也完全消失了。

就在两只狐狸不紧不慢往前走的时候,追捕他们的敌人声音迅速逼近。最终,这声音和他们中间只隔着一排小云杉树,就在离他们四十步远的斜后方。赤狐的心怦怦直跳,可他并没有逃跑的念头。他停下脚步,转过头来直面危险。与此同时,身旁的母狐狸也转过头来,同样无所畏惧。随着一声柔软的皮毛刮擦树枝的声音,狂叫不止的敌人赫然出现在眼前。

冲到一半路远的时候,猎狗似乎发现,两只狐狸并没有逃跑,而是在静静等着他。猎狗很吃惊,猛地停下来,犹犹豫豫地垂下了尾巴上高高竖起的狗毛。不过这只维持了一两秒钟,这两只瘦瘦的狐狸怎么可能是自己的对手呢?于是猎狗又大叫起来,向前冲去。两只狐狸同时发出一声威胁的尖叫声,向猎狗冲去。

混血猎狗擅长追踪,可对于打架却并不十分在行。两只狐狸最出乎意料、最不寻常的态度把他吓了一跳,就在他犹豫的时候,他突然发现自己已经处于弱势了。他疯狂地朝两个捉摸不透的攻击者咬去,可只咬到几口软软的毛发,两只狐狸太聪明了。就在这时,猎狗的两只后腿分别被重重地咬了一口,接着他的脖子也被咬了,鲜血横流。两只狐狸对他后腿的袭击令他害怕不已,他很担心自己变成残废。很快,这种害怕变成了恐慌。他使出浑身力气摆脱了两只狐狸的撕咬,骄傲的尾巴羞答答地夹在两腿之间,然后转过身,朝家的方向逃窜了。两只狐狸追了一段路,不过只是做做样子。这轻而易举的胜利让他们欣喜若狂,于是他们重新启程,朝着山坡上的洞穴走去。

第六章
尖刺与利爪

新来的狐狸很喜欢这干燥而又温暖的小洞穴，很快她就开始扩建洞穴，最终的洞穴大小远远超出了赤狐自身的需要。安定下来后，两只狐狸分了工，赤狐在山谷和低地斜坡以东捕猎，当然了，这一地带也更为危险。而母狐狸则在洞穴的西边捕猎，那里更加安全，没有小村落，也没有狗，只有几个伐木工人偶尔露营，只需偶尔提防一下，根本不用担心。当然，西边有很多山猫和熊，不过母狐狸知道怎样避开他们，所以也没有太过担心。她真正敬畏的只有人类，以及人类的作战技术和他们的同盟与随从。冬天刚开始的时候，猎物还是像刚过去的秋天一样多。可圣诞节过后，大雪很快就来了，紧接着霜冻不断，猎物变得十分稀少。许多虚弱的鸟儿和一些动物不是冻死了，就是饿死了。其他动物都在安稳的树丛避难。一些候鸟很不情愿地南迁，去了更暖和的地方。而北边出现了一群群饥饿的交喙鸟和又大又笨、玫瑰色脑袋的松雀。白色北极鹰和雪白的北极大猫头鹰非常野蛮，贪得无厌，总是追着其他鸟儿不放。在山脉上，这些危险的入侵者大肆掠夺兔子、松鼠、老鼠、松鸡、乌鸦，小动物们从来没有见过北极鹰和北极猫头鹰的攻击方式，所以经常一不小心就被他们的颜色给骗了。由于天气严寒，猎物本来就少，而北极鹰和北极猫头鹰很快就让猎物变得更加稀少，狐狸们很憎恶他们。

在这个歉收的季节，赤狐极其饥渴地将目标转向了由可怕的人类保护的、喂养的动物。然而，他不允许自己偷袭邻近山谷农场里的鸡舍，他很精明，不会自讨苦吃。不过他记得，越过环瓦克山，跨过山脉，在另一只狐狸——他的对手的领地里，还有其他的鸡舍和鸭棚。一天晚上，月亮很晚落山，赤狐越过了山脉。母狐狸也出了门，一路追着一只兔子，进入小溪西北面的冷杉林，小溪隐蔽而寂静。

赤狐在农场过夜。清冷的蓝白色月光下，他发现鸡舍的小门开着，风呼呼地刮进去。这家农场没有养狗。低矮、宽敞的小屋静悄悄的，小屋的窗户没有透出一丝亮光。牲口棚也很安静，只有奶牛在柱子旁边默默地嚼着草，偶尔，焦躁不安的马也在棚前踢两下蹄子。一只大灰猫在积雪的院子里悠闲地散步。突然，他看见赤狐拖着像刷子一样的尾巴鬼鬼祟祟地过来，立刻发出了一声惊恐的尖叫，逃窜到了木棚顶上，愤怒地喵喵嚎叫着。赤狐看了大灰猫一眼，觉得他根本不是自己的对手，于是耸耸灵敏的鼻子，在鸡舍门口努力嗅着。里面的母鸡舒舒服服地打着盹，每只都吃得肥腯腯的，身上散发着暖洋洋的气息，真是诱人极了。赤狐再也禁不住这美味的诱惑，于是偷偷溜了进去。

月光如同宽广的乳白色流水一般，透过鸡舍对面的窗户泻了进来。很快，赤狐就发现农民很用心，因为狐狸不会爬树，他就别有用心地设计了鸡舍。肥肥的母鸡很笨重，有婆罗门鸡、九斤鸡、洛克鸡。为此，农民斜放着一块长长的厚木板，上面铺了一层加固板，这样，母鸡们不用飞起来，就可以跳上栖木。而且，栖木离一个宽架子大约五十厘米，这个架子是用来保护下面的鸡舍的。在所有的家禽设计书籍里面，这已经是最先进的设计了。不过，如果赤狐自己设计，他也完全能够把它设计成自己想要的模样。

走进门后，赤狐停了下来，他站在一块阴影里，小心谨慎地研究着眼前的栖木。母鸡们都睡着了，但有只机警的公鸡却醒着。赤狐鬼鬼祟祟地溜进来，公鸡并没有听见，但是他感受到了微妙的危险，于是惊醒过来。公鸡的眼神十分犀利，他已经发现有个不寻常的东西在阴影里。于是，他伸长脖子，抬起细小、弯曲的鸡头，拉长了嗓子，发出了咯咯咯的警告声。

赤狐对这毫无震慑力的柔软声音毫不在意。他已经下定决心，于是大胆地冲上斜木板，沿着木板往上跑去，逮到了倒数第四只母鸡。那是一只肥肥胖胖、羽毛厚重、十分诱人的婆罗门鸡。赤狐飞快地咬断了母鸡脖子，拍打着翅膀的母鸡停止了挣扎。他把战利品往肩上一甩，转过身，极为小心地沿着木板快步走下去。可是，才走到半路，最令他惊讶的事情发生了。顷刻之间，他被一群狂风骤雨般的翅膀给包围了，一种锋利的、热辣辣的东西刺进了他的脖子，一个软软的、笨重的身体猛烈地击打着他。赤狐摔了个四脚朝天，重重地掉在了地上，刚刚被他咬死的母鸡摊开爪子、软软地砸在他脸上，这让他眼睛直冒金星。

那只公鸡和母鸡们不是一个品种，他一直满腹狐疑、十分警惕地盯着阴影里看。他不是九斤鸡，也不是婆罗门鸡，而是一只铁爪战斗鸡。他羽毛坚硬，头脑清晰，受过严格训练，全身呈黑红色，简直就是赤狐的克星。

　　赤狐爬起身来，头晕目眩，可是公鸡又飞起来，用强壮的翅膀飞快地击打着赤狐的脑袋，再一次将尖刀一样的鸡爪刺进了赤狐的脖子里。赤狐的伤口火辣辣地疼，而且这次很危险，伤口紧挨着耳朵根，他开始有些害怕了。万一这神出鬼没的武器刺到了自己的眼睛呢？赤狐大发雷霆，猛地冲向对面毫发无损的攻击者。可是，公鸡早已做好了准备，十分沉着冷静。只见他轻盈地跳到空中，避开了赤狐的袭击，飞到赤狐头上，发动了新一轮可怕的鸡爪袭击，他这次是朝着赤狐的鼻子上方刺了进去，就在赤狐眼睛下边两厘米的地方。赤狐感受到一股剧痛，可对他来说，对鸡爪的恐惧已经远远超过了疼痛。他本可以鼓足勇气，继续对抗，但他很恐慌，怕一不小心眼睛就被刺瞎了。赤狐不想再继续和这只可怕的陌生敌手纠缠下去了。他低下头，避开新一轮的攻击，飞快地冲出了鸡舍的小门。就在他逃走的时候，公鸡可怕的翅膀再次扑腾起来，击中了赤狐的背部，鸡爪也刺进了他的尾巴里。赤狐吓坏了，灰溜溜地逃脱，越过田野，跑进树林。得胜的公鸡发出刺耳的啼叫声，嘲笑着逃跑的赤狐。那声音穿过亮晶晶的白雪，在赤狐耳边久久回荡。

赤狐跑进暗暗的阴影地，涉过积雪的小溪，跑过发亮的林间小地，穿过浓密的冷杉树丛、乱蓬蓬叶子稀少的矮灌木丛和寂静的大古树林，一刻也没休息，直到最后来到山上熟悉的山坡，看见洞穴前的杜松树丛。这时，他才停下来喘了一口气。但是，就在赤狐休息的时候，他看见洞穴上边的坡顶上有一个影子，这驱散了他心底所有的惊慌和害怕。他忘记了疼痛，忘记了还在流血的伤口，发出了一声狂怒刺耳的叫声，以飞快的速度向前冲去，即便是在最恐惧时，他都没有跑这么快。

英勇的斗鸡用翅膀和鸡爪让赤狐身负重伤，浑身剧痛，而此时，母狐狸刚刚在高地山脊的岩石间成功捕到了猎物，正在快速地小跑回家。她轻轻地跑上坡顶，背对着耀眼的月光，突然看见一只黄鼠狼走近了，就在树干中间，离自己只有几步远。黄鼠狼的一举一动表明，他还没有发现母狐狸，于是，母狐狸偷偷溜到一个稀疏的灌木丛后，蹲下身，等着黄鼠狼自投罗网。黄鼠狼越走越近，埋伏着的母狐狸也越发紧张起来，她聚精会神，蓄势待发。

恰在这时，北边来的一只静悄悄的白色巨型猎手正悄无声息地飞过树林,那明亮的圆眼睛像玻璃一样坚硬,直勾勾地瞪着每一处灌木、每一片树林。他饿极了。黄鼠狼穿过斑斑驳驳的影子走近了,猎手没有瞧见,可却发现小灌木后面蹲着一只狐狸,于是禁不住看了起来。猎手立刻改变了方向,他像一个幽灵一般在毫无防备的狐狸背后飞了起来。此时,黄鼠狼离母狐狸的距离刚刚好,母狐狸只要一冲上去就能逮住他。于是,母狐狸穿过灌木丛,朝右边跳了出去。就在母狐狸跳到半空中的时候,猫头鹰一阵猛扑,发起了攻击,可怕的利爪深深地抓进母狐狸的腰部和背部。猫头鹰用翅膀一阵猛击,母狐狸吃惊地痛苦尖叫,两只动物在雪地里疯狂地撕咬起来。

这只大白猫头鹰过去经常捕狐狸,打败后把他们吃掉。但那些都是小北极狐,不像南方赤狐那样强壮、狡猾、顽强。此时,猫头鹰发现自己踏上了一次艰难的险途。尽管那凶狠的利爪让母狐狸剧痛难忍,但勇敢的她还是上下翻滚着,用锋利的尖牙迅速撕咬着猫头鹰。母狐狸进行了三次撕咬,每次都成功咬到了猫头鹰,她没有被对方挣扎拍打的大翅膀吓倒,可她仍然没能完全从雪地上爬起来。有三次,母狐狸只咬到了猫头鹰软绵绵的羽毛。就在母狐狸感觉自己快要被猫头鹰叼起来的时候，她忽然灵机一动，继续往上跳了一点，一口咬住了敌人的翅膀根部。她使出浑身力量，拼命地死死咬下去，"咔嚓"一声，猫头鹰翅膀根部坚硬的骨头立刻就断了。母狐狸重新稳稳当当地站在了雪地上。猫头鹰停止了厮打，一只大翅膀无力地垂着。

翅膀虽然断了，但是这只北方来的猎手猫头鹰十分好斗。现在，他不是捕猎，而是真正投入战斗了。他万万没想到，自己现在竟完全处于弱势。他伸出威猛的尖嘴，狠狠地啄母狐狸的肚子。可母狐狸很聪明，她死死咬住猫头鹰的断翅膀，努力迫使猫头鹰倒在地上。猫头鹰不得不松开爪子，用另一只完好的翅膀猛烈地拍打起来，以抵挡致命的攻击。与此同时，他如刀刃般锋利的威猛尖嘴像一把镰刀一样勾着，狠狠地啄着瘦小母赤狐的背部和侧面，这给他帮了大忙。此时胜负还未分出，即便是旁观者，也很难说清谁处于上风，可就在这时，赤狐却出现了。

赤狐一阵狂怒，偷鸡不成的耻辱和对母狐狸的感情让他越发愤怒。他往前跑去，打算加入这场战斗。赤狐静悄悄地冲上山坡，跳了过去。猫头鹰看见了他，翅膀猛地拍打了一下,赤狐立即把猫头鹰往后顶,猫头鹰徒劳地拍打着翅膀,用爪子一阵狂抓。猫头鹰可怕的尖嘴一次又一次啄进赤狐的身体。赤狐用牙齿咬住猫头鹰的脖子,"咔嚓"一声,猫头鹰的脖子就断了。斗争也随之结束。猫头鹰躺在地上一动不动,仰面倒在了血迹斑斑的雪地里。

两只狐狸怜悯地碰碰鼻子,然后开始为对方舔舐伤口。不可思议的是,两只狐狸很有耐心,相互舔了半个多小时。如玻璃一般澄澈的月光洒在两只亲密的狐狸身上,他们忍着剧痛,站在山坡的开阔地带爱抚地蹭着对方。黄鼠狼躲在附近一座安全的庇护所里,好奇地看了他们很久。黄鼠狼不喜欢这两只狐狸,可是让他高兴的是大猫头鹰死了。对他来说,猫头鹰比任何狐狸都要危险。终于,两只狐狸的伤口似乎治得差不多了,于是赤狐走下山坡,钻进洞穴,完全忽视猫头鹰的尸体——那是母狐狸的猎物,赤狐不会沾一点点光。母狐狸十分清楚自己的功劳。她自己根本没法吃完眼前满是羽毛的松软大块头,于是,她迅速将尸体拖下斜坡,来到洞口边。母狐狸把猫头鹰的一只翅膀拖进洞穴,这样一来,过路的森林小偷们就不敢来抢了。然后她紧挨着尸体躺下,前爪放在上面,等到她和赤狐都休息好了，就可以享用早餐了。一只闲荡的水貂悄悄走过，停了下来，满怀敌意而又十分好奇地打量了这只北方来的白色大猎手，虽然猎手死了，但水貂还是被吓了一跳。不过，水貂知道，洞穴里有一双犀利的眼睛在看着自己，他不敢进一步观察。于是他阴险地朝着小溪飞快地跑去，在小溪那里，他可以在冰层下边找到藏身之处。虚无的寒冷再次在森林里沉降下来。

第七章
破坏陷阱

那次重伤后不久的一天晚上,月光皎洁,照耀着野外,两只狐狸在小路上玩耍。小溪里,大雪覆盖的水流穿过树林,一条条小路变得亮晶晶的。狐狸们的伤口根本没有影响到他们健康强壮的身体。对他们来说,今天上半夜的捕猎十分顺利。两只年轻的狐狸觉得自己很不错,对彼此也很满意。高兴的时候,他们唯一的消遣就是绕着小圈子,不厌其烦地追赶着彼此,越过彼此的背部,偶尔稳住后腿立起来,相互厮打,假装很凶狠地撕咬对方的脖子。狐狸们和狗不一样,玩耍的时候他们从来不发出叫声,只有安静的沙沙声、急匆匆的脚步声和脚掌推搡的声音,偶尔也会发出一些灌木断裂的声音。

就在两只狐狸绕完一圈再次碰面、正要厮打的时候,突然,他们对视了一眼,停在原地一动不动,转而看向一条奇怪的踪迹。那是一个穿着雪地靴的人留下的脚印。两只狐狸用鼻子紧张地嗅了嗅,很快,他们就发现,这个踪迹已经出现了好几个小时。然后,他们对着这个踪迹非常仔细地研究起来。毫无疑问，野外任何动物都不会留下如此巨大的脚印。但如果真的有这样的动物，两只狐狸也一定会一探究竟，找出方法来确保自己能安全地避开这样的庞然大物。

这些大脚印里，尤其是脚印的中间部分往下陷得最深，上面有着强烈的人的气味。两只狐狸越来越困惑了，他们知道，人类的脚印也不至于这么大。赤狐更加准确地分辨出了这气味，气味来自他最讨厌的人——杰比·史密斯，就是那个能造出火、发出响声、杀死动物的人。想到这里，赤狐开始明白，这巨大的脚印是杰比·史密斯脚上穿着的东西留下的。赤狐想不通为什么杰比要加大他的脚印，不过他知道，人类一直都很神秘，就让他们一直神秘下去吧。现在，让两只狐狸都感兴趣的是这脚印究竟通往哪里，杰比来到他们的森林究竟想干什么。两只狐狸停止了嬉闹，小心地跟着踪迹，身上每一根毛发都警觉起来。这踪迹一直通向母狐狸领域范围内最远、最荒凉的地带。最后终于到头了，狐狸们发现这踪迹和母狐狸走过的一条踪迹明显的小路交叉着。以前杳无人迹的雪地现在已经被踩得脏兮兮的，路两边茂盛的灌木丛深处，小路变窄了，地上躺着一个冻住的鸡头和一个鸡脖子。赤狐与生俱来的警觉让他率先走过去，去研究一下眼前的战利品，可却不知为什么，母狐狸总觉得前面是陷阱，于是她粗鲁地把赤狐推到边上，赤狐因此猛地意识到前面暗藏危险。直到那时，赤狐才注意到，鸡头周围和下面看不见任何狐狸的踪迹。很明显，大雪已经覆盖了他们的踪迹。

赤狐正在想着眼前危险的陷阱，而此时，母狐狸极其小心地往前走去，迈出每一步之前都狠狠地嗅嗅地上的雪。赤狐饶有兴致地看着母狐狸，他知道，母狐狸了解一些目前他还不曾学过的知识。很快，母狐狸停下脚步，开始嗅着脚下周边的雪地。母狐狸的好奇转变为胆怯，赤狐知道，雪地下暗藏着一种极为危险的东西。过了一会儿，谨慎的母狐狸开始挖起地来，她轻轻地用爪子慢慢刨开表层的雪，很快，一个又小又黑的危险东西映入眼帘。以前，赤狐也看到很多人类的工具也是用同样坚硬、冰冷的物质做成的。聪明的小母狐狸根本不敢碰陷阱中间的雪。她的这个大发现让赤狐觉得，自己的细心观察没起到多大作用，但是，赤狐开始明白，这是人类——这个让自己最不能理解的动物用的一种最狡猾、最致命的工具，人常常用它来对付野生动物。同时，母狐狸也让赤狐明白，意外的福祉，比如眼前的鸡头或其他不同寻常的美味，如果看似是上天慷慨的赐予，突然出现在林间小路上，那就说明它的附近一定藏着至少一个陷阱。两只狐狸揭露了杰比奸诈的阴谋，这样，其他的森林动物就不会被骗了。他们继续循着杰比的踪迹，想看看杰比究竟设下了多少陷阱。

两只狐狸刚走几步，突然，前面传来一阵巨大的爬树、挣扎的响声，于是他们猛地停下来。那是一阵神秘莫测、令人却步的声音，就像几只强壮的动物正在悄无声息地决一死战。两只狐狸沿着雪地靴的痕迹，极为小心地往前爬去，突然，他们眼前出现了可怕的一幕。

杰比在这儿设了一个坚硬的铜丝套索，用一只死兔子做诱饵，放在铜丝后面的灌木丛下，仿佛一只活的兔子蹲在那里。一只大山猫悄悄走近，他饿极了，突然看见了这只兔子。透过套索，山猫看见这只兔子明显心不在焉。可是，山猫并没有看见绿色的灌木丛之间，一个细长的、明晃晃的铜丝圈在微微闪光。于是，山猫低低地蹲伏着，偷偷摸摸，悄无声息，像一个影子一样。他圆圆的大眼睛闪烁出无情的光，直到离兔子很近，一跳出去就能逮住兔子的时候，山猫就扑了上去。他张开巨大的爪子，紧紧抓住这只死兔子。就在那一刻，一个可怕的东西也紧紧抓住了山猫的喉咙，让他喘不过气来。

此时，山猫已经完全忘记了自己的战利品，猛烈地跳起来，惊慌失措地尖叫着。第一次跳的时候，他并没有看见任何敌人的影子，不过那东西还是紧紧地卡住了他的喉咙。遇到神秘的袭击，山猫天生的勇气化为乌有。第二次跳的时候，山猫的脖子被猛地往上一拉，喉咙上的东西卡得更紧了，山猫根本叫不出声了。突然，敌人出现了，跳向山猫。让山猫惊恐的是，敌人竟然只是一根看起来丝毫不可怕的白桦树条，他以前看见过很多次，这些白桦树条就躺在伐木工人园子的地上，眼前的树条和那些一模一样。山猫不明白，为什么眼前的树条竟对他发起如此可怕、恶毒的袭击。

一开始，山猫尝试着逃跑，可是这树条追着他跳，他越是要跑，这树条抓得越紧。山猫害怕极了，发了疯一般转变方向，朝树条猛扑上去，用牙齿和爪子撕咬着树条。经过这次攻击，树条乖乖地躺在地上不动了，停止了攻击。可是，树条却一直紧紧地抓着山猫的喉咙。山猫坐下来盯着树条，他抬起头，红色的嘴巴大张着，大口大口地喘着粗气。

就在这时，两只狐狸出现了。他们在一个灌木丛后蹲下来，明亮的眼睛观察着眼前的一切，十分好奇。狐狸们不喜欢山猫，但山猫遭遇的神秘袭击让狐狸们既吃惊又害怕，他们也无法理解眼前这股敌对势力。

细长的套索现在拉紧了，深深地嵌进山猫嘴巴后面的毛发里。这股力量让山猫天生的狡猾黯然失色。稍微比山猫聪明一点的动物都不难发现，在这样的危险之中，他的智慧已经失效了。然而，绝望之中，山猫还想着采取一些其他行动，多可悲的想法啊！他想，或许这树条就像一条狗，不会爬树。于是他爬上最近的一棵树，可树条还是紧紧跟着他，并且越发套得紧了，山猫感觉自己快要窒息了。他爬上一根大树枝，看见这树条就在自己身子底下悬挂着。冬天的世界、月光、白雪以及黑漆漆的树干开始在山猫眼前旋转起来，他那肿胀的长舌头从嘴里伸了出来。山猫害怕极了，他往下看了一眼摇摇晃晃的树条，然后纵身一跃，从树枝的另一边跳了出去。

就在山猫跳出去的时候，树条也随之猛地向上飞去。树条紧紧地挂在树枝下方，阻碍了山猫的起跳，同时将套索拉到最紧。痛苦的山猫挣扎着、翻滚着,摇摇晃晃地爬到树枝另一边,然后又被拉了回来。就在山猫往后晃的时候,树条从树枝上滑落,和山猫一起栽在了雪地上。树条掉在了山猫身上,山猫剧烈地抽搐了几下,然后躺在地上,再也不动了。

寂静持续了很长一段时间,直到月亮开始从树梢落下,两只狐狸才鼓起勇气,大胆地朝前走去观察。他们立刻满意地发现,山猫已经死了。然后,他们机灵地嗅嗅铜丝套索和树条,上面有一股浓厚的人类留下的危险气味,他们彻底明白过来是怎么回事。很明显,这是另一种陷阱,是人类对他们无休止的敌意的另一种体现。对两只狐狸来说,尤其是对刨根问底的狐狸来说,这是他们需要的宝贵的一课。

两只狐狸循着踪迹走了两三个小时,对于杰比·史密斯的敌意让赤狐更加警觉,他十分渴望尽可能地捣毁杰比所有的陷阱。每次他们到达一处陷阱,雪地靴的脚印就不见了,不论能不能看见诱饵,狐狸们都小心翼翼地嗅着陷阱的痕迹。他们又发现了四个陷阱,他们像揭开第一个陷阱一样揭开这些陷阱,防止一些野生动物一不小心路过此地落入陷阱。他们还发现了第五个陷阱,但是,他们这次也不知道该怎么办了。他们不敢接近它，于是就把周围的雪地踩脏，这样可以明显警示其他爱干傻事的糊涂蛋。

这个时候，两只狐狸饿了，母狐狸打算去捕猎。可是雪地靴的痕迹仍然向前延伸，一直通向野外深处。赤狐不愿意就此放弃，他的意愿占据了上风，于是，两只狐狸继续他们的征途。在下一个陷阱处，赤狐的坚持终于有了回报。这个陷阱设在一处露天的泉眼旁边，汩汩的泉水冒着气泡，对抗着严寒的天气。陷阱困住了一只水貂，水貂两只前爪都动弹不得。不过它还活着，在赤狐面前露出了牙齿。面对死亡的厄运，它仍然无所畏惧。两只狐狸可不是慈善家，尽管他们对设陷阱的人类充满敌意，并且在与人类的较量中，他们对野生动物产生了同情，但当发现一顿美餐触手可及时，他们并不想感情用事。他们极感兴趣地向这只不幸的水貂发起了进攻，水貂完全反抗不了。几分钟之后，陷阱里只剩下水貂的一条尾巴和爪子，其他什么都没有了。

通常，即便是像狐狸一样聪明的野生动物，也容易三心二意，很难长久坚持一个目标。此时此刻，赤狐对跟踪雪地靴的痕迹已经有些失去兴趣了。饱餐一顿之后，他开始有些不耐烦了，不想再调查下去，只想回到山坡上的洞穴里。他没有征求母狐狸的意见，可母狐狸也没有抗议，没有生气，而是迅速跟着赤狐向家的方向跑去。

此时，灰白色的月光洒满严寒的仲冬黎明，这是一天当中最冷的时候，严寒之下的树木噼啪作响。两只狐狸跑得更快了，也没有来时那么小心翼翼了。每靠近一处陷阱，他们都仔细地观察着，避免掉进被他们揭开的陷阱里。但是，当再次看见死山猫的时候，他们猛地停了下来，内疚地往后退了退，突然改变了方向。在那一团可怜的尸体旁边立着一只像影子一般的大灰猫，愤怒地瞪着两只狐狸。狐狸们不想对抗眼前的陌生来客，于是恭恭敬敬地绕了一个大弯，几百米之后才再次回到了原来的路线上。

现在，两只狐狸朝着第一个陷阱走去。今晚的经历让他们对人类既充满轻蔑，又满心害怕。怀着这种心情，他们还是想再看一眼第一个陷阱，然后再抄近路跑回家，一觉睡到大天亮。可他们却发现，另一只野生动物也对这个陷阱很感兴趣——一只肥大的豪猪。豪猪轻蔑地扫了两只狐狸一眼，戒备地竖起身上的刚毛，仿佛在告诫狐狸们最好别多管闲事，然后继续研究起陷阱来。虽然狐狸们对豪猪有些不屑一顾，觉得他像一个粗笨的傻子，很可能会被陷阱困住，但他们还是觉得最好不要惹怒豪猪。他们在四米开外的地方坐了下来，很感兴趣地冷静看着接下来究竟会发生什么。

只见豪猪带着一脸好奇，发出不满的咕哝声。他在陷阱周围闻了闻，很幸运地没有碰到它。这件工具的核心零件当然是在中间了，狐狸们并没有刨开中间的雪。豪猪对雪不感兴趣，他也十分幸运，没有研究中间的部分。如果他这么做，他的鼻子就会被有力的钢口给夹住，然后悲惨地死去。事实上，豪猪仅仅嗅了嗅外面显露的零件。这些零件一点都不好吃，所以对豪猪来说一点儿用处也没有。然后，他傲慢地转过头，尾巴一甩，嘲笑着这无用的工具。

恰恰就在这时，豪猪有力的尾巴——他最有效的防卫武器，正好打在了陷阱的中间，弹簧立刻松开了。钢口稳稳地夹住了尾巴的正中间，穿透豪猪的毛皮和刚毛，狠狠地扎进骨头里去。

豪猪惊恐地尖叫一声，跳了起来，可是他那强壮的尾巴却被夹住了。惊慌之间，他身上的刚毛顷刻变平了，直到他缩小到原来一半的个头。然后他再次竖起刚毛，疼痛和愤怒使他不住地嚎叫，朝着眼前放肆的器械疯狂地咬了起来。豪猪使劲地咬，可是哪里咬得断。他想，自己是森林之王啊，没有什么可以胜过他。可是，他很快意识到，夹在他尾巴上的器械是咬不断的，只能把它拖走。器械果真投降了，跟着豪猪移动了几米，然后就彻底不动了，原来它是被拴在了一簇灌木丛下面。

豪猪是所有动物里面最固执的，一旦开始干一件事，他就不会轻易停止。如果是他的尾巴要阻止他，那他的尾巴可就要遭殃了。他把强壮的爪子伸进雪地里，不停地拖啊，拉啊，扯啊，直到尾巴忽地停止了挣扎，从身后掉了下来。他痛得一声嚎叫，用鼻子往前拱地，陷阱的夹口里留下了一大簇直立的毛发和刚毛。豪猪完全吓坏了，像泄了气的皮球一般，感到十分丢脸，他以最快的速度跑向最近的铁杉树，光秃秃的尾巴根部生硬地露在后面。豪猪急急忙忙地爬上树，躲在最高的枝丫处努力掩饰着自己的耻辱，蹄子抓在坚硬的鳞状树皮上面，在树上他发出"刺刺"的巨大响声。

两只狐狸对眼前的景象很感兴趣，因此变得非常兴奋，就在豪猪扯下尾巴、脱离陷阱的时候，两只狐狸往前跳去，紧紧地跟着豪猪，直到他爬上铁杉树。但是，狐狸们不敢碰豪猪，即使是离豪猪一米远，他们也会胆战心惊，因为豪猪的刚毛实在太恐怖了。两只狐狸站在地上，抬起头看着还在流血的豪猪爬树，他的姿态十分滑稽，忽然，他们清楚地听见一阵刺耳的雪橇铃铛声穿过树林而来，于是急忙轻轻躲到浓密的灌木丛背后，打算看看情况。

碰巧的是，那天清晨，天空出现第一缕灰色的亮光时，杰比·史密斯就坐上雪橇，领着团队，带了一些吃的——燕麦片、面粉、咸肉、苹果干，早早地出门，往山谷前面的一家木材营地去了。杰比带了男孩一起去，男孩是个有趣的伙伴。对于野生动物的权利和对野生动物的感受，男孩和杰比的观点大不相同。可是，他们对森林都很感兴趣，也很乐意交流想法。男孩说杰比"残忍"，杰比说男孩"胆小"，尽管如此，他们依然是很好的朋友。事实上，他们的相互指责一点也不准确，因为杰比并不残忍，只不过心血来潮的时候，很喜欢不停地追赶动物。杰比想法简单，没有猎人的欲望。他并不把动物看作猎物，他已经够友好、够慈悲了。至于男孩，他富有同情心，不想造成伤害，但是他并不胆小，他的性格里面根本就没有"胆小"这两个字。

突然，刺耳的雪橇铃铛声停了，在树丛后面侧耳倾听的狐狸们十分担心地向外望去。只见杰比跳下雪橇，把它拴在一棵树上，说道："我在这儿就设了一个陷阱！走，咱们去看看吧！"男孩并不喜欢陷阱，可是他很感兴趣，于是就跟着去看看。

男孩轻快地跳下雪橇，学着杰比的样子，套上了他的雪地靴。很快，狐狸们就听见一种奇怪的、软软的咯吱咯吱声，那声音带着节奏，穿过树林，越来越近。两只狐狸看见杰比和男孩走近了，越发紧张起来，于是往后缩，进了更加安全的树丛。可是，虽然紧张，狐狸们还是十分好奇。所有这些新事物——雪地靴、陷阱、圈套都令他们很感兴趣，他们特别注意不去逾越界限，只要确保自己能够清晰地看见新来的两个人接下来做什么。对赤狐来说，他本能地对高个子的樵夫杰比产生恐惧，可是看见他和男孩在一起之后，这种恐惧感稍微减轻了一些。

樵夫杰比来到陷阱旁，看见上面立着一簇可笑的毛发和刚毛，生气地骂了起来。

"这鬼家伙！"杰比吼道，"跑来我的地盘瞎折腾！我要一枪崩了他那蠢笨的脑瓜子！反正我正需要一些刚毛！"然后他往前走去，寻找着那可怜的逃亡者的踪迹。

可是，男孩那鲜活的想象力很快就想到了可怜的豪猪痛苦的情景——豪猪拖着掉了尾巴的血红色尾巴根，疼痛难忍。

"等等，杰比！"男孩叫道，"他尾巴都扯掉了，你不觉得他已经吃到苦头了吗？再说，白白把时间浪费在一只老豪猪身上，有什么用呢？"

与此同时，男孩敏锐的眼睛比杰比转得快多了，他已经看见豪猪蹲在铁杉树高高的枝丫上。他一边说话，一边跑向前去，踩住了豪猪的尾巴，站住不动了，因为那尾巴的所在处暴露了铁杉树的位置。

"我得教训教训他！谁让他瞎弄我设的陷阱！"杰比叫道。他像猎人一样狂躁起来，脸都涨红了，张口闭口说要宰了这只豪猪。杰比满怀期待地沿着豪猪和两只狐狸的踪迹往前冲去，跑过铁杉树下难以辨认的混乱踪迹，然后沿着两只狐狸的踪迹向前跑去。男孩站在那儿看着杰比，忽闪忽闪的眼睛睁得大大的，十分高兴。他觉得狐狸很亲切，但他认为狐狸们可以很好地照顾自己。用不着他干涉，狐狸们都能躲过野外的风险。

可事实上，狐狸们现在根本不想去冒险。看见杰比追着自己的足迹，两只狐狸的好奇心顷刻间消失了。他们肚子贴着白雪，红色的尾巴伸得笔直，以飞快的速度跑掉了。当然，不是朝家的方向跑，而是沿着布满石头的山脊跑去，狐狸们知道，那里才是他们躲避追捕的最佳去处。两只狐狸小心地在杰比正前方的灌木丛中跑，可是杰比还是看见他们了，于是在后面打了一枪。子弹像一只大黄蜂一样嗡嗡地掠过赤狐的耳朵，从狐狸们正前方一棵棕色树干的枫树侧面被削掉一块白色的树皮，两只狐狸拼命地加快了脚步。

"杰比，看来你今天运气不太好啊！"男孩讽刺道。杰比放下了和不幸的豪猪之间的恩怨，默默地给猎枪又上了膛，重新布置了一下陷阱。

"我一定要逮住一只该死的狐狸！"他咕哝道，对于狐狸们故意刨开他的器械的事却浑然不知。

第八章
雪地里的小家伙

有了这次遇到陷阱的经历后,赤狐和母狐狸只要再发现人类设的陷阱,就非常感兴趣。遇到新陷阱,狐狸们就会尽可能把它破坏掉,或是以某种方式将其暴露出来,这样,其他野生动物就不会慌慌张张误入其中了。看见有动物被困到陷阱里了,狐狸们就很快跑上前去解救他们,因此他们深受被困动物的感激。但如果被困的是山猫,狐狸们就会慎重考虑,不去干涉。然而,每次发现铜丝套索的时候,狐狸们都不知所措,十分害怕。因为他们搞不懂那些几乎隐形的致命器械,所以不敢贸然地近距离研究。

不过最后,赤狐靠自己破解了这种神秘的恐怖魔咒。事情是这样的。在一个没有月亮的夜晚,赤狐沿着林间闪着微光的道路一路轻快地小跑回家,突然,他听见一阵轻微的挣扎声,于是立即停了下来。赤狐趴在浓密的冷杉树下面,看见眼前低矮灌木丛里的巷道中间,一只白兔悬挂在空中,无声地挣扎着。挣扎的兔子上下蹿着,一会儿差点碰到雪地,一会儿离地约有一米来高。原来，铜丝套索拴在了一棵小树苗上，轻轻地荡来荡去。赤狐立刻明白过来，他的第一个反应就是偷偷溜走。可是，看到周围没有其他陷阱和铜丝套索，赤狐的兴趣战胜了担心。

他越爬越近，慢慢缩小和兔子之间的距离，一直等到最后兔子停止了挣扎。当一切恢复宁静的时候，这只和命运对抗过的无力的小东西，悬挂在离雪地一米来高的空中。赤狐支起后腿，轻轻立了起来，用牙齿咬住兔子的爪子，把他拉了下来。赤狐刚一拉下兔子，兔子却再次弹向空中，就像活了一样。赤狐十分吃惊，吓得往后跳了五米远。眼前的死兔子大约在空中上下晃了一分钟，赤狐蹲坐在地上，紧张地看着兔子。当兔子不再动，赤狐再次走近，又把他拉了下来。然后他又松开，兔子再次弹回空中，赤狐又惊慌地往后跳去。这样耐心地重复了四五次，直到后来，赤狐终于明白了。然后，他果断地走过去，又把兔子拉下来，用前爪稳稳地压住，然后努力想咬断兔子脖子上的铜丝。但是，赤狐发现铜丝太难咬断了，于是他索性咬掉兔子头，任由它随着弹回的铜丝飞到空中。赤狐十分满意自己的成果，他把无头的兔子扛在背上，快步跑回了山坡上的洞穴。

在这片地带，稍微对陷阱和铜丝套索动动手脚，就会招来很多事端。虽然母狐狸也参与其中，但是赤狐的个头和颜色更加显眼，所以才招来了危险。勤快的杰比·史密斯专门为赤狐设计了很多精巧的陷阱。可是，赤狐都轻轻松松躲开了，他还嘲笑杰比的陷阱。不论是谁，只要想骗赤狐，最后都会惨遭失败，而且还会被男孩狠狠地、傲慢地嘲笑一番。自从那次在葡萄树下被赤狐骗了之后，男孩就认定了这只聪明的狐狸是他的了。

冬天十分寒冷，野外的所有动物都没有食物吃，日子十分难熬，可赤狐和母狐狸现在却过得不错。食物越稀缺，动物们就越饿，也越容易掉进陷阱，而结果就是两只聪明的狐狸越过越好。然而，狐狸们也会偶尔感受到饥荒来袭，这也越发激发了他们的聪明才智。不过，在这种情况下，往往是赤狐想出了新点子，解开了新难题。一旦成功了，母狐狸也更加心甘情愿听赤狐的了。

在所有的野生动物里面，赤狐最讨厌的就是臭鼬，仅次于臭鼬的就是豪猪了。臭鼬让赤狐避之不及，一想到他，赤狐就很不安，立刻胃口全无。可是豪猪却很对赤狐的胃口。森林里天寒地冻，每次赤狐看见慵懒、自信而又傲慢的小豪猪吃得肥肥胖胖时，赤狐既愤怒又充满渴望。可是，不论他有多渴望，有多愤怒，他都会谨慎地对待豪猪，因为那发出软绵绵、干巴巴的"刺刺"声的直立刚毛是致命的，极其危险。可能是小时候，妈妈就警告过他，那些细长的黑白小刚毛一旦刺进肉里，就会必死无疑。刚毛刺进去之后，会越扎越深，如果恰好扎到了身体里一个重要的器官，比如大脑、心脏、肝脏或是脆弱的肠子，那他就不得不和白雪皑皑的林间走廊和美好的阳光、月光说再见了。

尽管赤狐十分害怕豪猪，但如果碰巧在外面遇见豪猪，他有时也会稍微尝试一下。赤狐发现，豪猪的鼻子、喉咙和肚子都裸露在外，于是他会迅速地攻击豪猪的这些薄弱部位。当然，他会注意不靠得太近。这种威胁总能成功地打破豪猪的冷静：豪猪要么会把鼻子藏到肚子底下；要么卷成一个危险的刺球，浑身都是刺；要么脸朝下放在两只前爪中间，蜷缩成一团，像一个扇贝一样，变成一块岩石，看起来就像一个巨大的针垫，上面扎满了黑白的针头。

有一天，一场大雪过后，地上积了一层厚厚的雪，在小溪被雪深深覆盖的流道中间，赤狐碰巧遇见了一只悠闲的豪猪。此时赤狐十分饥饿，眼前肥腩腩的豪猪悠然自得，赤狐一看就气不打一处来。一开始，不论赤狐怎么攻击，豪猪都视而不见。可是最后，赤狐跳了起来，长长的白牙咬进豪猪的鼻子里面几厘米深，豪猪蜷缩成一团，用坚不可摧的刚毛护着受伤的鼻子。

如果这只豪猪站起来蜷成一个球，那么他的结局就会完全不同。如果那样，赤狐也就会厌恶地快步跑开，寻找一些其他比较容易捕捉的猎物。可事实上，赤狐灵光一闪，想到了一个新主意。赤狐半蹲下身，像一只正在玩耍的小狗，离针垫一般的豪猪一米多远，尖声叫了几声，好让豪猪知道他还没走。然后，在距离豪猪没有防备的侧面一米远的地方，赤狐轻轻地绕着圈子，开始悄悄地迅速挖起柔软的雪地。赤狐爪子十分灵活，只用了几秒钟的工夫，赤狐就在两尺来深的柔软的雪地上挖出了一条通道，正好通到豪猪软软的肚子下面。豪猪痛苦地发出一声尖叫，可怜地努力蜷成一个球。刚看到危险的时候，他太过自信，没有及时变身，现在已经来不及了。很快，赤狐的牙齿抵到了豪猪的心脏，豪猪抽搐了一下，身体一下变硬了，仰面倒在了雪地上。赤狐并不想把他的战利品带回家，他第一次尝到了新鲜的豪猪肉，想一个人把豪猪吃完。但他发现，如果要埋掉剩下的骨头，无论如何都会碰到豪猪的刚毛。于是赤狐无奈地走了，其他森林强盗路过看见的话，他也管不了了。

成功地战胜豪猪的刚毛之后，赤狐更加精明了，不断忙于探寻雪地里的其他可能。他还记得，自己以前常常在溪边小草地的草根间捕捉肥肥的田鼠。现在，草地上压着的积雪足足有三尺来高，在明亮的阳光下熠熠闪光，斑斑驳驳地嵌着几根风吹下来的云杉树枝，上面还点缀着几处水貂、松鼠和黄鼠狼的脚印。虽然看不见草地，但是赤狐知道草地就在那里，如果草地还在，怎么会没有田鼠呢？于是，一天清晨，太阳公公刚刚探出半个脑袋，参天的云杉在地上投下长长的影子，雪地被照成淡紫色和橘黄色，赤狐和母狐狸就跑来雪地里玩耍。忽然，赤狐停下来，开始狠狠地挖地。母狐狸看着他，一开始觉得莫名其妙，然后就有些不耐烦了，她根本不明白赤狐为什么要挖地。于是她咬了赤狐一口，把自己秀气的前爪扒在赤狐的屁股上，试着挑起赤狐的兴趣。可是赤狐根本没在意，而是继续往下挖着，直到他尾巴朝天，滑稽地在闪闪发光的地上抽动着。母狐狸坐到了旁边，竖起耳朵，半张着嘴巴，默默地看着赤狐，试图解开自己的疑问。终于，这尾巴上来了，接着赤狐也出来了。他面对着母狐狸，脸上带着一块块白色的雪迹，十分好笑，但嘴里却咬着一簇干草。母狐狸好奇地打量着赤狐带来的战利品，那束草上面散发着强烈的田鼠气味，母狐狸立刻明白了。

确信母狐狸明白自己的用意后，赤狐再次钻进洞里，这一次在外面完全看不见他了。草根间的雪不多，很容易挖。赤狐碰巧看见了田鼠们在冬天里挖的几条秘密通道，他们在里面安稳地过着暗无天日的隐蔽生活。赤狐把鼻子凑近通道，静静地等了两三分钟，突然"咯吱"一声，赤狐知道，草地上的小居民要来了。然后他像一道闪电一般，迅速咬了上去，嘴巴紧紧咬着一束枯草，里面有一只肥腩腩的田鼠。这是一只小田鼠，赤狐却费了很大的劲。不过，这毕竟也是一顿美味点心，在这个冬天里显得更加可口。再说，挖雪地也挺有趣的。赤狐颇有些自豪地退出洞口，将战利品放在了母狐狸的脚下。母狐狸立即把小田鼠吃掉了，舔舔嘴巴，仿佛还想要更多。可是，赤狐不想再去捉小田鼠了，于是母狐狸饶有兴致地自己挖了起来，可是她没有赤狐那么幸运，没发现任何的田鼠通道。挖了三处之后，母狐狸厌倦地放弃了。

大约在这个时期，赤狐发现了松鸡耍的一个有趣的花招。有一次下了一阵大暴雪，天气放晴后，夜晚变得更加寒冷。一天下午，太阳落山后，寒冷彻骨的夜晚便来临了。一只大公松鸡优雅地迈着步子，走向一根光秃秃的桦树枝。赤狐藏在一片冷杉树丛下，看着狡猾的老松鸡伸长了脖子往四周望去，明显是在检查雪地表面。赤狐猜不透松鸡究竟在找什么，可是突然，一阵强有力的呼呼振翅声响了起来，只见松鸡俯身往下扎去，然后就消失在雪地里。赤狐十分好奇，心想着自己可能要捕到松鸡了，于是兴奋不已地向松鸡消失的地方挖去。当然，对赤狐来说，他挖得很快，而且毫不费力。可是，机警的老松鸡头脑清醒，听见了身后紧跟而来的软软的骚动声，他继续往右钻去，强壮的臂膀挖着羽毛般柔软的雪地，几乎和赤狐挖得一样快。片刻之后，赤狐跟着雪地里新鲜的气味，冒出头来，正好看见松鸡飞起身，得意地拍打着翅膀。赤狐有些失望，同时也很迷惑,他坐下来沉思着,直到他仿佛想通了一切。他认为松鸡本来想在雪地深处寻找今晚的露宿之地,因为晚上实在是太冷了。赤狐很满意自己的结论,于是继续悄悄地四处游荡,希望再次遇到松鸡时,他可以捉住它。可是上天看到赤狐错过了一次机会,那天晚上就再也没有给他第二次机会。

两三天过后,赤狐从环瓦克山的山脉捕猎归来,黎明的天气十分寒冷。赤狐穿过树林,突然看见雪地里一片奇怪的洼地。

赤狐停下脚步,以一贯的研究心态嗅了嗅,发现了一点点松鸡的气味,这么小的气味,通常很难分辨出来。赤狐想起了最近的经历,他立即就明白过来。于是,他觉得,此时此刻,松鸡就在雪地的家里睡得正香。他小心翼翼、悄无声息地挖了起来,把雪轻轻推到自己肚子底下,就像雪花飘落一样轻柔。几秒钟之后,气味更加强烈了。突然,在赤狐鼻子底下看不见的地方出现了一阵颤动。顷刻之间,赤狐往积雪里扎下去,嘴巴正好咬到一簇温暖的羽毛。在和一双抽动着的翅膀进行了一阵猛烈混乱的扭打之后,狡猾的赤狐最后终于钻出雪地,回到明晃晃的地面,嘴里叼着他的战利品。赤狐十分得意，即便靠以往的方式捕到十几只猎物，他也不会像这次这么高兴。

漫长的冬天快要结束了。一天晚上下起了一场雨，天气很冷，雨刚落下就结成了冰。不一会儿，每一处灌木丛、每一根树枝、每一个枝条上都裹上了厚厚的冰，雪地表面也盖上了一件透明的盔甲。这场冬雨即便是落在毛发上也能结冰，两只狐狸索性安稳地在洞穴里待了一晚。第二天，天放晴了，狐狸们往外探出灵敏的鼻子，看看外面的世界。太阳升起来了，外面的世界经历了一场奇迹般的转变。熠熠闪光，到处都结冰，像彩虹一样五彩斑斓。空地上散发出一种粉红、橘黄和淡紫的光辉，薄薄的一层，难以辨认，仿佛露珠的色彩。树木也似乎染上了冬雨的色彩，祖母绿、玫瑰红、珍珠白的色彩令人眼花缭乱。两只狐狸惊讶地看着，然后意识到，尽管这世界戴上了奇怪的面罩，但这就是他们原来的世界，在这个世界里，不论发生什么奇怪的事情，他们都得觅食。于是，两只狐狸朝着相反的方向出发捕猎去了。他们一走一滑，摇摇晃晃，最后终于适应了这暗藏危险的刺眼道路。

赤狐终于找到了一个稳固的立足点，他谨慎地快步小跑，仔细地端详着这神秘的闪光,希望自己能看见一只兔子,或者一只松鼠,又或者一只睡觉时不幸冻在了栖木上的鸟儿。他四下里观望着,不过却没有看脚下,他觉得,脚下不会有什么吃的。然而,狐狸总是未雨绸缪,很少有东西能够逃过他警觉的头脑。赤狐突然发现,就在他脚下半透明的冰面下出现了一个暗影。他立刻停下来观察。他刚一停下,影子就摇摇晃晃地走远了,好像要从冰面下消失一样。赤狐一步步地紧跟着暗影,十分困惑,直到最后,真相终于出现在眼前。难以分辨的暗影原来是一只松鸡,睡觉的时候,雨落下来结成了冰,把松鸡冻在冰面下。当然,松鸡也像赤狐一样,一脸困惑、满腹狐疑地看着赤狐,拼命地避开这模糊但又可怕的敌人。

赤狐发现了猎物,十分兴奋,迅速用前爪扑向了暗影。可是,坚冰不仅是松鸡的牢笼,还是他的保护伞。赤狐一次又一次努力砸破坚冰,可都是白费力气。最后,赤狐很生气,茫然无措,筋疲力尽地躺倒在松鸡上面的冰层上,想着自己该怎么办。看见赤狐正朝下怒视着他,松鸡十分害怕,往上盯着赤狐,大口大口喘着粗气。可是,那坚硬的冰层对他们一视同仁,赤狐和松鸡都不能靠近彼此。

赤狐很失望，忽然，他看见两米开外的地方有一棵茂盛的小冷杉树，被冰覆盖的深色枝条伸到了地上。赤狐机灵的脑袋想到了一个主意。他记得，每次雪地上出现一层冰，冰层硬得能够撑起他的时候，只要他从一棵茂盛而又很矮的树下面钻过，他就会弄碎坚冰。赤狐冲向小冷杉树，挤过坚硬的冷杉树枝，只听到一阵巨大的"咔嚓咔嚓"声，树枝上易碎的冰哗哗地下沉了。果然，树枝下面的雪十分松软，雪一直没到了赤狐的肚子。赤狐穿过树枝再次看了一眼将要走的方向，然后拼尽力气挖起来，很快就发现自己进入了冰层下面清晰而又光芒四射的世界。

赤狐在冰层下大约走了三米远，却突然发现自己追捕的松鸡不见了，也听不见半点声音，闻不到一点气味。他继续往前走，确信自己不可能弄错。然后他犹豫了，所以掉转了方向。他一次次变着方向，东张西望，却再也没有闻到一丝气味，发现一根羽毛。赤狐很无奈，他明白了，在那样奇怪的环境里，自己的感官和直觉都出问题了。他根本不知道自己走的是哪条路。

明白了这一点之后，赤狐突然往上一冲，想冲破坚冰，重新呼吸外面自由的空气，这样他的感觉也会恢复正常了。可让赤狐惊讶的是，冰层岿然不动，脚下软软的白雪倒是往下陷了下去。赤狐使出浑身力气，一次又一次地往上冲去，可是一切都是徒劳，那看起来十分脆弱的冰层像钢铁一样坚硬。赤狐一阵惊恐，他知道自己终于迷路了，而且是在自己的树林里迷了路。现在，他自己就是一个囚徒，他从来没想到自己会困在这样的陷阱里。

当然，因为雪里全是空气，所以这个明亮的牢笼里空气充足。透过头顶上方的冰层，赤狐可以看见光芒里模糊的暗影，他知道，那些是离他最近的树木。赤狐静静地站了一会儿，他仔细地思考着眼前的情景。哎呀！他知道了，出去的路就在树影最深、最黑的地方。有了这个结论，赤狐一点都不害怕了。他仔细想着那些模模糊糊的标志，觉得正前方的树影最清晰。于是他往前挤过去，背部紧紧地贴着冰层。友好的树影隐隐约约，越来越大、越来越清晰。他来到树影边缘，发现原来自己并不是森林里唯一的聪明动物。在这里，他嗅到了松鸡的气味，很明显，松鸡也在寻找同样的出口。逃命的松鸡在雪地上留下一串脚印，赤狐迅速冲向前去，希望以此弥补他在最后关

赤狐

头的挫败感。松鸡的气味越发强烈，十分新鲜。赤狐听见正前方发出了一声翅膀振动的声音，他猛地一跳，咬住了松鸡尾部的一根羽毛。紧接着出现了一阵呼呼的振翅声。赤狐冲到地面，看见成功逃出冰层的松鸡惊恐地在浓密的树枝下振翅起飞。赤狐脸上沾满了白雪，他懊恼地伸出舌头，看了松鸡一会儿。然后他理智地转过身，打算在冰雪世界里追兔子了。

第九章
杂种狗出丑了

早春到来了,地上冰雪消融。赤狐却很焦虑,很不舒服。他讨厌湿湿的地面和坍塌的白雪,捕猎这时候不是乐趣,而是苦力活了。母狐狸怀上了宝宝,不能像过去一样玩耍、打闹、跑跑跳跳了,她只在家附近捕猎。当然,她还是沿着石头路回家,从来都不会直接奔向山谷。赤狐逮到猎物后,都会把一大半的肉带回家,而他自己也变得极为小心,从来都不去人类的领地。但他已经习惯绕远路,越过山脉,跑向另一座山谷,最后轻轻松松在环瓦克山脚的农场里逮住猎物,好好犒劳一下自己的辛劳。赤狐想,自己这样破坏痕迹,人类肯定不会把罪行联系到他这样一只住在远处的狐狸身上。

可赤狐没想到自己在这一带已经小有名气了。声誉给他带来了麻烦。环瓦克山下的人们相信,偷袭农场的敌人十分大胆,聪明过人,于是,他们立刻想到了隔壁山谷的那只大狐狸,他们听过很多关于那只狐狸的传奇故事。环瓦克山下的人们来到隔壁山谷打听,发现这只闻名遐迩的狐狸强盗最近没闹过什么事。由此他们推测,赤狐已经转移了作战场地。于是，环瓦克山下的人们多次试图跟踪这只胆大妄为的强盗狐狸，找到他的巢穴。可是，还没走到赤狐居住的山顶，一遇到岩石、沟壑和乱糟糟的丛林，就不见了赤狐的踪迹。当然，人们也设了许许多多的陷阱、套索，可赤狐总是不屑一顾，要不然就远远避开。于是后来，隔壁的山谷就得到了消息，环瓦克山下的人们要求山谷的居民要捉住这只爱惹麻烦、毛茸茸的歹徒，至少不让他再跑到别的山谷捣乱。

隔壁山谷的居民们颇为自豪地接受了人们对勇猛的赤狐的"赞扬"，但与此同时，他们也一致同意，必须采取一些措施来制止他了。男孩精明地笑了，他说无论怎么做，赤狐都不会中招的。可杰比·史密斯开始带头准备了。他打算领着两条猎狗，对赤狐实施追捕。杰比相信，这次追捕最终一定会逮住狐狸，即使逮不到，他也会知道问题出在哪里。

就在这个节骨眼上，不知什么原因，赤狐变得非常谨慎，仿佛山谷里人类的敌意通过某种微妙的心灵感应传递给了他，又或者，一些爱管闲事的冠蓝鸦无意中听见了杰比的计划，悄悄地把要对付赤狐的阴谋消息传给了赤狐。如果是科学家，可能还会做出另一种解释，童话和寓言爱好者们也会做出他们的一番猜想。或者是因为赤狐快要做爸爸了,他肩上的责任让他的记忆力变得更好了,他想起了过去悲惨的经历,正因要逃离人类的追捕,妈妈才会带着他们离开阳光照耀的山坡上温暖的洞穴。不论是什么原因,一天傍晚,赤狐感到莫名的烦躁,他绕着洞口跑来跑去,好奇地嗅着,还跑去了以前杜松树下的老洞穴口。赤狐在那儿看了看,然后下定决心,回到自己的洞穴。他半是强迫半是哄骗,成功地把母狐狸哄出了洞穴。母狐狸很不情愿,产期快到了,她不想放弃这温暖舒适的小窝。成功之后,赤狐毅然带着母狐狸爬上山顶,进了岩石沟壑间一个简陋的小洞穴。这个小洞穴是赤狐前些日子发现的。母狐狸习惯性地顺从赤狐,做出妥协,赤狐的担心也消去了。他独自回到山坡上的洞穴,等着看看接下来会发生什么。现在,赤狐不像过去一样在意自己的狩猎区了,他自信地去到更低的山坡,也到这一地带的边缘捕猎。

杰比已经准备好进行大追捕。他突然想起了山坡上的老巢,去年,狐狸全家被赶出了那个洞穴。杰比以前从来没有想起来,因为他知道,一只小狐狸在那个洞穴里惨遭厄运,普通狐狸都不会再住在那里了。可现在杰比觉得,赤狐不是一只普通的狐狸，他很聪明，很可能将那个洞穴看作是最安全的藏身处。杰比带着男孩，男孩是一个重要的、无情而又兴致勃勃的观众，还有两个年轻的农民作为杰比的助理猎人，两条狗作为实际捕手，杰比带路，一路跑向山坡上隐蔽的洞穴。

"杰比，你不可能在那儿找到他的。"男孩不时地嘲笑道。杰比自己也有些疑虑，他一句话也没说。

然而，在离山坡一百米左右的地方，在逐渐消融的松软雪地上，四处搜寻的两条猎狗突然兴奋地汪汪大叫起来。原来，他们发现了狐狸留下的混乱的踪迹。杰比瘦削的脸庞上出现了笑容，他得意地转向男孩，大声说道："怎么样？我说什么来着？"两个年轻的农民欢呼雀跃地朝前跑去，他们期待着赤狐正安心地缩在洞穴里，这样他们就可以轻轻松松地捉到这只狡猾的狐狸了。男孩既惊讶又不安，可是他仍然自信满满，告诉农民不要高兴得太早。

猎狗们明显被混乱的踪迹给弄糊涂了。杰比径直唤他们到杜松树后面的老穴洞口。他们急切地把鼻子伸了进去，探寻地嗅着，然后轻蔑地转身离开。杰比的脸沉了下来。猎狗们的行为明显表明，这个洞穴已经好久没有狐狸住过了。男孩想着该怎么来挖苦一下杰比，可是话还没说出口，就看见两旁的猎狗冲向山坡，在另一个巧妙的隐蔽洞穴口高兴地叫起来。

"我说什么来着？"杰比再次叫道，一个字也没变。两个年轻农民大叫着说："这次可算逮到了！"可是男孩仍然很乐观，看起来很自信，说道："那儿是有个洞穴，可也不能保证狐狸就在里面。不管怎样，你们总不会觉得那就是赤狐吧？"

"很快就能知道了！"杰比说着，从口袋里掏出一些破布，继续往上面抹上一些火药和湿雪。

杰比带着这个"喷火的恶魔"，十分自得，稳稳地把它绑在一根细长的桦树苗一端，就像一根钓鱼竿一样。然后，他把心急的猎狗们唤到一边，点燃破布，把这火光闪耀、噼啪作响的东西小心地伸进了洞穴。

"要是这里面有什么东西，不管是老虎还是狗熊，他都得出来！"杰比说道。没有人说话，他们觉得杰比说得没错。此时此刻，大家的眼睛都直勾勾地盯着洞穴，紧张地等待着。树苗慢慢地往里伸去，直到进去三米左右，然后突然停下来。杰比满怀希望地扭动着树苗，可是，除了几缕恶心的黑烟，什么都没有出来。

男孩嘲笑起来。杰比丢下树苗,满脸遗憾,知道狐狸根本不在家。

"不过,一分钟前他可是在这儿的,"杰比固执地说着,"不然气味不会这么新鲜,两条狗也不会这么激动。肯定是赤狐,不然他哪有这么聪明,提前逃跑。他一定就在附近,我们会逮住他的。"于是,杰比带着猎狗,越过山坡,继续追踪狡猾的赤狐逃命的踪迹。

与此同时,赤狐一直都躲在一个安全的小岩石架后面,静静地观察着一切。以前,他就是在这里看到自己的兄弟惨遭屠杀。可是这一次,赤狐的感受完全不同了,因为他知道自己足够强大了。而且他也很了解自己的对手,他知道,只要自己小心地避开杰比,他就掌握了游戏的主动权。他想着,自己一定要小心杰比,至于猎狗,他则可以好好地耍耍他们。赤狐倒不怎么在意其他人。他知道,男孩没有敌意,而那两个年轻农民看起来也没那么危险。可有一件事是肯定的:他不想让猎狗们走近山顶,在岩石间嗅来嗅去。赤狐从自己观察的地方滑下来,在自己之前的踪迹上留下了一串新的踪迹,转而朝着低地跑去。五分钟后,猎狗们大叫起来,追向赤狐。赤狐听见人跟着猎狗，笨拙地呼哧呼哧赶过来了。

追赶的脚步声很重，森林的雪地里全是雪水，空地上满是泥泞的黏糊糊的草皮。不过赤狐知道，这种条件对穷追不舍的人来说更加危险。他径直往前跑了一会儿，没有迂回前进，也没有玩任何把戏，这样猎狗们就能够把行动迟缓的人远远地抛在后面。顺利地实现这个目的后，赤狐来到一堆被伐倒的树木前，从一根树干跳到另一根树干上，然后转过头看看杰比在做什么。赤狐觉得，在比赛中绝对要先了解杰比的战术，然后自己才能相应地采取战术。赤狐回头一看，自己刚才飞速奔跑，现在已经离之前的起点有八百多米了，困惑的猎狗们还在伐倒的树木堆边呜咽着。不过，虽然赤狐跑得飞快，他的脑子依然十分机灵。他飞速穿过茂盛的矮灌木丛，没有在杰比可怕的枪支射程内暴露自己。突然，在距离自己不到五十米的地方，赤狐看见了杰比，他正在耐心地研究一条通道。

杰比的出现让赤狐大吃一惊，精明的赤狐害怕极了。杰比旁边是一根树桩，男孩也像树桩一样一动不动。通常情况下，这条通道正是赤狐要走的路，或者说，如果他是一只普通的狐狸，他会走这条路。事实上，正是赤狐的时刻戒备才救了他自己。后来，赤狐没有继续走这条路，而是谨慎地走了一条平行的路，离那条路大约五十米远。可见，赤狐的精明还是胜过了山野村夫。

赤狐躲在安全的树丛里，有些轻蔑地看着他的敌人。他躺下身来休息几分钟，然后终于听见猎狗们在身后的小路上汪汪大叫，于是他爬起身，伸个懒腰，打个哈欠，张大嘴巴，偷偷地在杰比和男孩附近走动。此时，杰比和男孩都盯着那条路看，以为赤狐马上就要来了。赤狐再次轻蔑地打着哈欠，迅速跑到洞口，在混乱的踪迹上迂回了几分钟，然后沿溪岸往下跑去。冰雪已经融化了，处处水流湍急。

赤狐跑着跑着，脑子里的计划也开始成形了。他的目的就是把人和猎狗引得远远的。他不想再迷惑猎狗了，只想和他们保持一定的距离。小溪的水流很急，水面宽阔，很难涉水过溪，除非在静水域有一些残存的冰块，还有可能过得去。在某个地方，赤狐小心地踩着急水中的岩石，顺利涉过了小溪。赤狐知道，猎狗们的脚步不像自己那样稳健，想要过来很困难。他又顺着溪水往下走了八百多米，那里的冰层很坚硬，于是他又回到对面的岸边。从他的追捕者的声音里，赤狐发现，过溪对猎狗们来说，并没有他想的那么困难。于是赤狐加快脚步，向这一地带边缘的小农场方向跑去。他觉得，这样一来，猎狗们会更加迷惑不解，他自己就可以在农场里好好休息一下了。两百米之内的每一座农场赤狐都去过，他很清楚哪些农场对自己有利。

赤狐想到了一个农场。在那座农场里，农民在奶牛棚边上搭了一个披屋，做了一间鸡舍。鸡舍屋顶下沿离地大约一米来高，下面有一个小洞，通向地底下一个宽敞的大洞。赤狐在农场外面的一个灌木丛仔细观察了一下，确认屋子周围没人。水井另一边有个小棚，里面的马车不在，所以农民肯定走远了。往厨房窗户望去，没有见到人，大灰猫正在门廊上打盹。赤狐飞快地冲进鸡舍下面的洞口，有些艰难地挤进了洞里。

成功之后，赤狐又迅速挤出洞来，后腿立起来，猛地一跳，稳稳地落在了披屋的斜屋顶上。然后，他身手敏捷地跑向奶牛棚顶，从另一面爬下来，穿过公路，跑进一片浓密的小常青树林。赤狐安心地在那里躺下来，他终于可以休息了。

五分钟后，猎狗们来了，垂着长长的舌头。猎狗径直向鸡舍下面的洞穴跑去，他们已经很累了，但还是兴奋地为胜利欢呼起来。猎狗们想，总算逮住猎物了。可洞穴实在太小了，猎狗根本钻不进去。周围的地面还没有解冻，他们也没法用爪子挖出一个入口来。黑白杂种狗仍然勇猛地不断挖着地，混血猎狗鼻子紧紧贴地，仔细地围着奶牛棚迅速走了一圈，确定没有其他出口。当然，假如混血狗走得远一点，他就能发现狡猾的赤狐的踪迹了。从那里，赤狐猛地跳上了屋顶，然后上了干草垛，远远躲进了旷野里。混血狗有条不紊地继续探寻，然后跑向同伴杂种狗，十分确信猎物就在洞里躲着。

大概十分钟后，猎人们终于来了，他们气喘吁吁、大汗淋漓，和猎狗一样完全被赤狐骗了，甚至包括男孩。男孩看见这洞只有一个出口，自鸣得意的猎狗们在洞口死死守着，他不得不相信，可怜的赤狐还是让他失望了。逃命的赤狐终于走投无路了，似乎也没必要急急忙忙追捕了，于是，几个人在鸡舍后面从容地开起作战会来。男孩很伤心，他远远地避开了。最后，大家决定，现在唯一要做的就是堵住洞口，然后从鸡舍的地上找一些木板就行了。

可是，这个极端的措施并没有实行。杰比说着说着，突然跳上了鸡舍屋顶，这正好就是赤狐起跳的地方。杰比的鼻子虽然不如男孩的灵敏,可却正好闻到了干木瓦屋顶上新鲜的狐狸气味。杰比怀疑地闻着,尽可能朝屋顶远处仔仔细细地闻,然后沮丧地转向了男孩。

"这畜生又把我们给骗了!"杰比说道。

"怎么会?什么意思?"男孩既高兴又怀疑,大叫起来。两个年轻农民站在那里,一脸茫然。

"他根本就不在这儿!"杰比顿了顿说道,"他上了那边的屋顶了。我们要去那边找他的踪迹,就在棚子后面的地方!走着瞧!"

杰比命令猎狗们跟着他,猎狗们很不情愿。他在奶牛棚后面绕了一圈,忽然灵光一闪,又绕着干草垛走了一圈。猎狗们立刻嗅出了赤狐的气味,这次他们没有兴奋地狂叫,而是非常愤怒,觉得自己被耍了。但是杰比却有一丝得意。男孩谦逊地说:"杰比,你赢了。还是你更了解这些动物。你怎么能知道他去了哪里呢?"

"哎呀,"杰比厚着脸皮搪塞道,"我就是想想,最聪明的把戏是什么,我知道,那红色小鬼肯定会这么做的!"

此时,赤狐正在浓密的小常青树林里一个隐蔽的地方休息。这么快就听见猎狗们再次追上了自己的踪迹，赤狐非常愤怒，也暗自惊讶。自己的上上策难道出问题了？很快，他就明白是可怕的杰比干的。赤狐精明的眼睛眯成一条缝，里面充满了恐惧。他顿了顿，不安地想着。然后，他转了个小圈子，沿原路返回来，顺着一条平行的路跑去。因为担心自己会遭枪击，他隐蔽得很好。赤狐朝着小村落远处的贮水池跑去，那里有一条小溪，是他家附近那条小溪的一条支流。小溪边有堤坝，水被蓄起来，作为环瓦克山的羊毛纺织业用水。

平常季节里，这条小溪很小，可是贮水池却很大。但现在这个季节，冬雪消融，很多雪水都哗哗地冲过堤坝的闸门流下来。赤狐现在心情很不好，他觉得命运永远都不会偏向他，他已经有些烦了、倦了。如果他所有的追捕者，包括猎狗、杰比和两个农民，还有没有恶意的男孩，只有一个脖子——像大雁那样细长的脖子，只要"咔嚓"一声，他就能用自己细长的白牙咬断那脖子，那该多好啊！赤狐打算冒着巨大风险，好好地教训一下这些坏家伙。

猎狗循着清晰的足迹来了，空气中的狐狸气味是那么新鲜。人被远远抛在了后面，枪也根本打不到赤狐。赤狐来到贮水池边，池水里的冰还没有全部融化，他聪明地试探着，然后回到岸边，顺流而下，朝着堤坝跑去。

在奔腾不息的水闸上方十米来高的地方，池水倾泻而下。水冲过来，冰层的边缘很快就融化了。赤狐站在岸边假装犹豫着，一下子松懈下来，让人觉得他已经筋疲力尽了。然后他犹如走投无路一般转过头。看到这一幕，猎狗们更加兴奋地狂吠起来，疯狂冲向前去。一切就像猎物终于到手了一样，所有的积怨都一笔勾销了。

猎狗们离赤狐还有十步之遥的时候，赤狐才跑了起来。他急忙跑开，径直冲上了危险的冰面，仿佛无法抑制的恐惧早已占据上风并让他不敢再蔑视自己的对手了。也许是本能，也许是一种特别精明、准确无误的第六感告诉赤狐，只要他迅速地顺利跳过冰面，水池里的冰是可以撑起他的。身后的猎狗离他只有几米远了，于是赤狐快速地踏着冰面跳到了对面的岸边。紧接着，奔腾的水流上传来"咔嚓"一声，黑白杂种狗惊慌地大叫起来。赤狐眯起眼睛，扭过头来带着胜利的喜悦看了一眼，只见水里的猎狗们拼命地用爪子抓着冰块边缘，挣扎之下，冰很快就碎成了一块一块的。两条猎狗浑身湿透，怎么也爬不上冰面，一块块碎冰从他们身边漂走，消失在湍急的水流里。赤狐继续朝岸上边的一片隐蔽的灌木丛跑去，这次终于狠狠地报仇了，赤狐十分高兴。此时，猎狗们仍然在拼命尝试抓住浮冰，易碎的冰块仍然不断地破碎。赤狐再次转过身看，只见黑白杂种狗正努力爬上一块大概有背包大小的冰块，就在他刚刚爬上去的时候，冰块破碎了。破碎的浮冰迅速载着筋疲力尽的猎狗漂走，翻滚着冲进了咆哮的闸门，混入瀑布中，消失在水下的滔滔水流和岩石之中。赤狐看着自己的两个敌人悲惨的下场，心里满意极了。突然，人再次出现了。赤狐偷偷地溜走，离猎枪远远的，越过小山，继续往山头跑去，在山头上他可以俯瞰整个安达努西斯大峡谷。不过，赤狐已经没必要再跑远了。猎人们来到水边，看到吓坏的混血猎狗刚刚爬上岸，杂种狗却不见了。很快，猎人们就猜到了杂种狗的结局。整个追捕团都止住了脚步，心领神会地对视了一眼。杰比把沮丧的猎狗唤到跟前，怜悯地拍着湿透的狗头。

"我看见赤狐了，"男孩低声说道，黑白杂种狗死了，他很难过，"他刚钻进了那边的树林！"

"我看咱们还是回去吧！"杰比扭过头，边走边说。

第十章
放肆的黑貂

几个小时后,赤狐筋疲力尽地回到山坡上的洞穴里,心情十分愉悦。他一路上都在追赶一只兔子,以此缓解疲劳。

春天就要来了,他的一个重大威胁解除了,那只精力充沛、不知疲倦的黑白杂种狗终于不再挡道了。赤狐知道,混血狗不喜欢独自追寻猎物踪迹。他极为厌恶地嗅着山腰上的洞穴,烧焦的火药气味还没散掉,闻着有一股恶臭。赤狐轻松地挖出了里面的树苗,被烧焦的那头,吐着黑烟的破布还粘在上面。可是那浓重、呛鼻的气味是跑不掉了,赤狐受不了那气味,只希望等时间一长,这气味可以淡下去。他快步跑向山顶,去找自己瘦小的伴侣了。母狐狸一脸满足的神情,一窝红红的还没睁开眼的小狐狸正在吃奶。

赤狐对这些家族新成员非常宽容。他觉得小家伙们有点烦人,虽然他知道,小狐狸们很重要,不然母狐狸也不会对他们这么爱护有加。在洞穴上边,赤狐给自己找了一处干燥隐蔽的岩石层,每天在上边歇息,这样,他可以留神照看着下面的家人。一旦有危险，赤狐一定会同敌人决一死战，保护那一群无助而又明显毫无还手之力、嗷嗷待哺的小家伙。几天以来，赤狐几乎没时间在家休息，他需要时间来思考现在的状况。母狐狸现在专心做起狐狸妈妈了，整天照顾孩子们，赤狐不得不出去为所有家庭成员捕猎。隔壁的山谷和鸡舍离这里很远，不过赤狐觉得，那里才是安全的目标。恰好在这个季节里，山脉附近的兔子很少，赤狐觉得自己比以往任何时候都要辛苦。在这个忙碌的季节里，赤狐最不愉快的一次冒险经历就这样来临了。

有一天，赤狐在水边捕猎，可是猎物很少。水里的冰还没有完全融化，突然，上游出现了一只大水貂，他正在跟踪一只兔子。水貂以前都只吃青蛙和鱼，最近才换了口味，想喝喝血了。水貂第一次冲上去，兔子逃脱了。他生气极了，开始专心致志地追捕敏捷的兔子。

一开始，兔子跳得很远、很快，水貂完全赶不上。可很快兔子就累了。她绕着圈跑，就在她的尾巴要转弯的时候，狡猾的水貂知道她下一步要做什么，于是抄了近路，差点在中间截住兔子。阴险的深色敌人赫然出现在眼前，小兔子被吓得半死。她沿岸边顺流而下，水貂就在离她不到十米远的地方偷偷跟着。小兔子恐惧的眼睛里仿佛看见了自己被水貂逮住后的悲惨下场，以至于她都没注意到从对面飞奔过来的赤狐。

通常情况下，一只普通狐狸会小心地掠过猎物和它的追捕者，以避免吵架以及相应的危险。而且，对于食肉的野生狐狸来说，除非迫不得已，他们通常都不想打架。但赤狐很鄙视水貂这样的对手。他跑得飞快，他捕猎不是为了玩，而是为了生存。先例和既定权利他已经不在乎了。赤狐蹲在一簇枯褐色羊齿蕨后面，静静地等待兔子走近。就在兔子跳起来的时候，赤狐猛冲上去，逃命的兔子一下子被赤狐逮住了。兔子绝望地尖叫一声，随即就被赤狐咬断了脖子。赤狐把兔子往肩上一甩，带着轻而易举得到的战利品，向家的方向跑去。身后的水貂一脸困惑，可赤狐连看都没看他一眼。

不过，这一次的过度自信让赤狐犯了错误。大黑水貂并不胆小，受到赤狐的羞辱和侵犯，水貂气急败坏，犀利的小眼睛涨得通红。水貂以为自己可以打败眼前精明的大狐狸，当然，他有些异想天开了。在环瓦克山，这只赤狐凭借自己的力量和狡猾，让所有人都敬他三分。可现在水貂的眼睛就像两个烧得通红的石榴石，脑子里的谨慎全都抛到了九霄云外。半秒钟的停顿之后，水貂鬼鬼祟祟地冲向前去，咬住了赤狐的后腿。

赤狐既愤怒又惊愕，他放下兔子，转而发动了猛烈的反击。可水貂像闪电般迅速跳了几步，很快就和赤狐拉开了三米的距离，然后他蹲下来等待着。赤狐猛地跳到水貂身前，就在他落地的时候，水貂却不见了。阴险的黑色家伙此时肚子贴着地面，正在三米之外的地方蹲着，恶狠狠地盯着赤狐。赤狐又一次跳过去，水貂又跑掉了。赤狐一次次跳向水貂，可水貂却一次次轻轻松松地避开了他的攻击。最后，赤狐也干脆蹲下来，好奇地打量着自己的敌人，足足花了半分钟时间。然后，他从容地站起来，叼起死兔子，再次带着战利品向家的方向跑去。

然而，赤狐还没有走出十二步远，水貂就像一个迅速而致命的阴影一样，再次靠近他，在他另一条后腿的膝盖上方重重地咬了一口。如果赤狐没有跑得那么快，他可能就被咬残废了。不过这一次，赤狐提高了警惕。他猛地一转弯，就像在兔子身下绕了个圈一样，好把兔子甩到自己头上。可是赤狐又迟了。他的嘴巴根本咬不到黑色的攻击者，只见水貂又一次蹲伏下来，等待着、恐吓着赤狐。

这一次，赤狐十分愤怒，可又身受重伤。水貂刚刚那一口咬得太重了。他稳步跟着水貂，跑了长长的一段距离。水貂跑得实在太快了，而且躲得也快。赤狐追了一百多米，然后就放弃了。他忽地一转身，回到一开始夺走兔子的地方，灰黄色的土地上还残留着片片血迹，水貂就在不到两米远的地方紧紧跟着。

现在赤狐困惑了，以前他从没有这么困惑过。他逮不住眼前灵活的敌人，也没法带走自己的战利品，否则水貂就会发出危险的袭击。可是，他也不能放弃猎物，承认自己的失败。赤狐把自己没有受伤的一只前爪放在兔子尸体上面，转过头来，眼睛眯成一条缝，尖叫一声，恶狠狠地瞪着水貂。他看起来很吓人，可自己却完全没有意识到这一点。不过，他很清楚，自己要采取行动了。水貂毫不退缩，再次蹲下来，准备迎战。

赤狐聪明的脑袋最终决定，自己要假装战败，将敌人引到跟前。他眼里的怒火逐渐熄灭，沮丧地垂着尾巴，脖子上的毛发也变平了。他低着头，慢慢地转身离开自己的战利品，灰溜溜地走了，像一只被吓坏了的小狐狸。水貂立即扬扬自得起来，冲向前去，开始喝起兔子血来。突然，赤狐像一道闪电一般转过身，一口气跑了回去。可水貂也没有完全上当，他又跳出了三米远，两眼通红，全神贯注地舔着小嘴。赤狐又一次叼起兔子，可他也不知道该怎么办了。忽然，他带着怒气冲向水貂，一路狂追，想把水貂的力气耗尽。

疯狂的追逐足足上演了五分钟。他们跑上山坡，穿过灌木丛，越过岩石和树桩，穿过深深的树林，但和死兔子一直保持着四五十米的距离。水貂一直都处在暴怒的赤狐前面大约四米远的地方，丝毫不担心危险，因为水貂知道，一旦有需要，自己至少可以钻进小溪，那里是他的安全避风港。一旦发现自己处于危险之中，水貂就会跑向公开的水域，潜到冰层下面，这样赤狐无论如何都追不到他了。结果究竟如何谁都不知道。在很长一段时间里，赤狐和水貂都没有丝毫的疲惫，也没有丝毫的屈服，胜负难分。一只黑熊轻快地从最近的灌木丛摇摇晃晃地走出来，看见了地上的兔子，毫不客气地享用起来。黑熊把兔子撕成碎片，美美地吞吃掉了，一点痕迹都没留下，一点也没觉得不好意思。

追逐忽地停止了,水貂和赤狐都愤怒地瞪着庞大的入侵者。最后,聪明的赤狐发现打斗结束了,因为已经没有什么猎物值得他再打架了。于是,他悄悄地快步穿过低矮的灌木丛,去寻找其他猎物了。时间对他来说实在是太宝贵了,他可不想将其浪费在一场毫无益处的争斗中。

可是,大黑水貂想的恰恰相反。他想得到那只兔子,那可是自己辛辛苦苦凭借着聪明才智和锲而不舍的精神才得到的猎物。要不是赤狐无理的干涉,他早就逮到兔子了。现在,兔子永远地消失了,黑熊一张大嘴很快就吃掉了兔子。水貂对于赤狐的愤怒重新燃起来了,他什么都没想,只想着报仇雪恨。

水貂小心翼翼地跟着赤狐,和他保持着一定的距离。他静静地等候着,直到赤狐明显已经把他抛在了脑后。然后他悄悄溜到前面,重复着自己的老把戏,更加迅速地往回跳去。这时候,赤狐肩上没有背任何东西,因此水貂更加小心了。这次遇袭,赤狐彻底吓坏了。他猛地一动,往前跳去,但不出所料,又晚了一步。小小的敌人怀恨在心、耿耿于怀,只见他还是像之前一样蹲着,待在赤狐够不着的地方。赤狐强壮的尾巴抽搐着,眼睛里燃起了怒火。他很恼怒,于是坐了下来,沉思着盯着水貂。他只想捕猎，不想打架，但水貂咬自己最后的那一口实在太疼了。

很快，赤狐就决定该怎么做了。他装作逆来顺受的样子站起来，又一次快速跑掉了。但是这一次，他一瘸一拐，忍着剧痛，就像是一条腿完全废掉了一样。他不时地回过头来看一看，仿佛不情愿的样子。水貂觉得自己的报复取得了一定的胜利，于是放松了警惕，跟得更紧了，等待着下一轮攻击的机会。赤狐此时无力地跑着，一瘸一拐，伤势仿佛更加严重了。水貂一步步靠近，感觉最终胜利近在咫尺。终于，在穿过一处坑坑洼洼、杂乱的小树丛和枯草之后，赤狐被绊了一跤，向前倒在地上。水貂迅速走近了，把嘴伸向了赤狐的喉咙。

可就在这时，赤狐的虚弱、无力全都消失了，水貂的牙齿也没有咬到赤狐的喉咙。两只动物眼对眼，双方都十分愤怒。接着，赤狐伸出长长的嘴巴，向敌人细长的黑腰咬去，无情地把它咬断了。水貂张大嘴，像一条蛇一样翻滚了一两秒钟。当赤狐长长的牙齿穿过水貂的脊柱时，水貂抽搐了一下，伸直了身子，像一块被浸湿的破布一样缩成一团。赤狐猛烈地晃了晃他，直到确信水貂的确死了，不是在装死后，他把水貂往肩上一扔,就像甩兔子一样,向着山脊上的洞穴走去。当然了,硬邦邦的水貂肉很精瘦,纤维很多,不像兔子肉那么鲜美。但这水貂很大,肉很多,母狐狸也不会过于挑剔。

第十一章
顶级猎手

　　山脊上的新洞穴比岩石间的缝隙稍大一点，但这只是临时安置地。附近有一个很深的干土洞，排水很好，不易被其他动物发现，周围是一片碎石头，气味也不会沾在上面。这正是狐狸们需要的庇护所，冰一化，母狐狸可以重新捕猎的时候，两只狐狸就在一块突出的岩石下面挖了一个新洞穴。两只狐狸满意地把毛茸茸的小狐狸转移到新家。这里很安全，狐狸们也不用费心掩住入口或是掩盖自己的踪迹。很快，洞周围到处都是兔子、土拨鼠、松鼠的皮毛，还有麝鼠的尾巴。而下面山坡上的老洞穴周围，是绝对不能有这些东西的。

　　在这个条件艰苦的洞穴里，赤狐和家人基本没有受过外来的干扰。洞穴裸露的山顶上，风呼呼地吹着，偶尔风也很小。不过，岩石间的小洞穴从来没有受到打扰，小狐狸们尽情地在光秃秃的明亮的小空地上玩耍，懒懒地晒着太阳。不论风向怎么变，不论急雨从什么角度落下来，洞穴一直安然无恙。洞顶北边一块光秃秃的岩石伸了出来，有时赤狐躺在顶上，眯着一只眼睛，半张着嘴巴，看着绿的、棕的、紫的、蓝的大地在自己下面的地面和周围展开。向远处的下面看去，山脊两边都可以看见两座山谷的农民忙着播种，耐心地重复着辛苦的劳作。往东边的远处望去，是老环瓦克山险峻的高地，两边的冷杉树林里落满了乌鸦。赤狐有时候很躁动，也很好奇，他想着，总有一天自己要去高地那边觅食。

虽然这里很少受打扰，可有一对动物夫妇令赤狐和母狐狸十分反感，还有些许担忧。山脉另一边下面的峡谷里，有一块很难找到的岩架，面朝环瓦克山，那里住着一窝老鹰，头顶有些白色的羽毛。这个鹰巢巨大、肮脏，毫无形状可言，仿佛是一车棍子从天而降，落到了光秃的岩架之上，死死地嵌进岩石，牢牢抓住岩石的缝隙，狂风暴雨都不能使它动摇。窝里面铺了一些干草，还有一些羽毛，两只羽翼未丰、眼神凶猛的雏鹰挤在窝里，红扑扑的笨拙的身体蜷缩着。他们身上长出了一些黑色的短细羽毛。鹰巢的外边和下面的岩石上全是骨头，有兔子的、小绵羊的、水貂的、土拨鼠的，还有一些爪子、小蹄子、鸟嘴、羽毛，非常混乱，十分吓人。看得出来，小鹰们什么都吃，而且他们翅膀宽大、眼神犀利的父母捕猎能力超群。

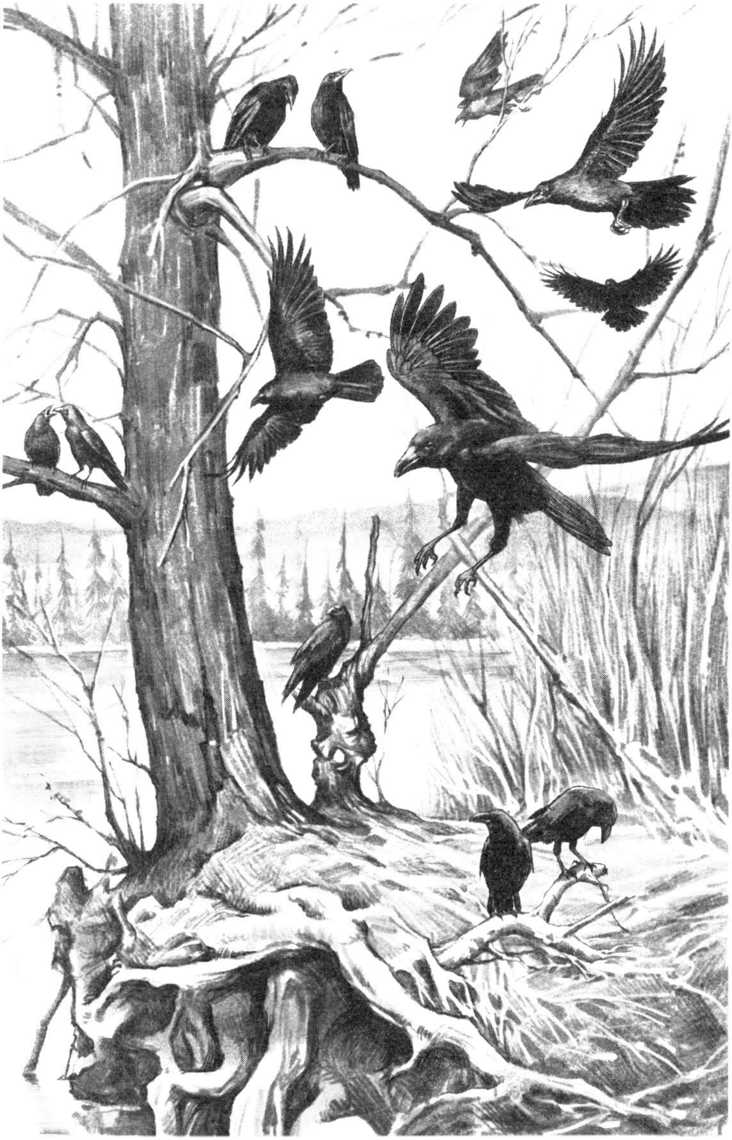

两只成年老鹰中，较大的一只是鹰妈妈，她有时飞到环瓦克山山顶捕猎，有时飞到环瓦克山另一面一个个偏僻的湖泊上捕猎。

但鹰爸爸一直都在村落一带和安达努西斯大峡谷里捕猎。每天早晨太阳刚刚升起，鹰爸爸巨大的翅膀就有力地呼呼掠过山顶，正好擦过赤狐的新家所在的高高山洞。每次这个可怕的影子拖着坚硬的翅膀呼啸而过时，小狐狸们都会听爸爸妈妈的话，乖乖地缩回洞穴。

天气晴好的时候，赤狐夜里捕猎回来，总会蹿上洞穴上面的山顶，专心地戒备着。他前爪扒着石头，鼻子放在爪子上面，注视着广阔无边、微微发亮的天空越来越亮。赤狐有时捕到好吃的猎物，例如黄鼠狼、土拨鼠、鸭子或兔子，就会带回山上孤零零的洞穴里，这时候，母狐狸和嗷嗷待哺的小狐狸们可以慢慢享受美味，一点都用不着担心。此时赤狐就躺在旁边，沐浴在灰色透明的神秘黎明里，直到第一缕金色的光芒抚摸他的脸庞。淡黄色和玫瑰色的光芒像一道河流，在光秃秃的岩石顶上洒下薄薄的一层。赤狐总是饶有兴致地看着鹰妈妈扇动着翅膀，俯冲进山谷的幻影里，然后再慢慢飞起，沿着环瓦克山的斜坡搜索着，最后猛地飞到山峰上方，犹如蔚蓝的天空下一粒慢慢盘旋的灰尘。赤狐还看见，鹰爸爸毅然跃入空中，用几乎笔直的翅膀低低飞过赤狐所在的岩石，然后雄赳赳地飞向山谷农场。之后，赤狐又看见两只老鹰从不同地方飞回自己的巢穴，有时他们会从勤劳的鱼鹰手上抢来一条大大的湖鳟鱼，有时会从南边的芦苇丛里抓到一只运气不好的野鸭，有时又会从高低不平的高地牧场上捉到一头可怜的长腿小白羊。每一次，赤狐都兴致勃勃地看着，不过也十分担心。他看着天上的大鸟半张着翅膀，稳稳地落在巢边，用可怕的长嘴和利爪将猎物撕成血色的碎片。赤狐很惊讶，两只丑陋的雏鹰胃口似乎永远无法满足，他很庆幸自己四个顽皮的宝宝眉清目秀，从不贪吃。

一天清晨，破晓时分，天灰蒙蒙的，赤狐嘴里叼着一只肥肥的土拨鼠，爬进洞穴，他还不饿，不急着享用猎物。他把无力的土拨鼠放在地上，打算等自己饿了再吃，然后就躺下来休息，看着天一点点变亮。很快，太阳出来了，鹰妈妈朝着环瓦克山飞去。鹰爸爸越飞越高，一直飞到山顶上方。此时，赤狐正全神贯注看着远处的土地，一只豪猪在树顶上荡来荡去，动作十分滑稽。

突然，赤狐听见头顶上方传来一声巨翅挥动的刺耳的"咻咻"声，他大吃一惊，猛地向上看去。紧接着，他感觉到一阵烈风扑来，鹰巨大的翅膀差点拍到他脸上，离自己不到一米的死土拨鼠早已经被鹰紧紧地抓在了爪子里，然后飞向了空中。赤狐愤怒地咆哮了一声，立刻跳起身来，可此时，老鹰爪子紧紧抓着战利品，早已迅速而勇猛地飞回了自己的巢穴。

经历了这一次傲慢、大胆的抢劫，赤狐内心充满了强烈的复仇欲望。他偷偷跑到鹰巢所在的峡谷，在周围徘徊了好几个小时，试图寻找一个可以爬到岩架上的地方。可是，想爬到岩架上实在太难了。鹰爸爸和鹰妈妈发现了赤狐，轻蔑地看了他一眼，不惊不扰。赤狐爬上附近的悬崖，往下就能看到鹰巢。可他还是离巢太远了，两只老鹰仍然泰然自若。赤狐放弃了，他觉得自己不能立即复仇，索性就静静地等候着时机到来。他很坦率地对鹰宣战，每次鹰飞过他的岩石看台，他都会站起来，挑衅地对着鹰狂叫。然后，大鹰会飞得更低，仿佛接受了赤狐的挑战。不过，鹰很明智，对赤狐故意露出的长嘴和白牙保持着应有的尊重，而且特别注意不靠近赤狐。

几天后,赤狐去山谷里捕猎,四只小狐狸在洞口玩耍,突然,他们看见瘦小的妈妈出现在岩石间。小狐狸们高兴极了,蹦蹦跳跳地跑向妈妈,感觉只要妈妈在就很安心。就在他们穿过洞前的空地跑到一半时,突然一个阴影出现在他们头顶上方。小狐狸们飞快地散开,只有一只小狐狸极不情愿地蜷缩在地上。空中响起一阵可怕的呼啸声,一对巨大的翅膀随之猛扑过来,翅膀下的利爪仿佛能卷走一切,紧接着是一声快要窒息的带着恐惧的尖叫声。母狐狸纵身一跳,还没来得及跑到小狐狸身边,就看见红色的小狐狸被大鹰猛地抓起,用嘴叼着飞走了。

赤狐听见了尖叫声,急忙飞奔回家,他自己都没想到会跑得这么快。他再次跑去鹰的巢穴,可仍然是白费力气。后来的几天里,赤狐每次出去捕猎,都会花不少时间思考怎么才能报复自己的敌人。他跟着鹰飞翔的路线,固执地寻觅着,希望老鹰在杀死猎物的时候自己正好出现。可是,大鹰不知飞到哪里去了,赤狐扑了空。不论赤狐在哪里守株待兔,大鹰总会在另一个地方咬死猎物。大鹰的视觉比赤狐敏锐得多,作为顶级猎手,他总能轻而易举地避开赤狐,而且总会在赤狐最不经意的时候出现。

这一天，赤狐完全没有想着找大鹰复仇，忽然一个机会就出现了。傍晚时分，赤狐躲在暗处，等待一只谨慎的老土拨鼠从洞里出来，足足等了半个小时。他耐心地躺在地上一动不动，突然看见一条大黑蛇慢慢地从林间空地爬过来。赤狐犹豫了，他心里想："我是把这条蛇赶走，还是继续等着土拨鼠呢？"就在这时，空中传来了赤狐熟悉的声音。黑蛇听见了这声音，迅速朝最近的一棵树爬去，没想到那正好是一棵光秃秃的小桦树。黑蛇快要爬到小桦树树根时，忽然大鹰像霹雳一样发起进攻，两只利爪紧紧地抓住了黑蛇的头后方。

大鹰迅速轻松地捕到猎物，可就在他准备带着猎物飞走时，他那拍打着的宽大翅膀却根本飞不起来。原来，在他攻击黑蛇的瞬间，黑蛇就把尾巴紧紧缠绕在了小桦树上，就像一个死结，大鹰也解不开。紧接着，只见大鹰猛烈地啄着黑蛇绕在树上的身子，然后又狠狠地啄了黑蛇的头，万不得已时，他会把黑蛇啄断，再一段一段抓回家。

赤狐长期寻找和计划的时刻终于来了。他压低身子，犹如一个飞镖，飞速地从树丛里冲了出来，用嘴巴狠狠地咬住了大鹰的腿部。和其他狐狸一样，赤狐咬了一口就松开了，大鹰痛苦而惊讶地大叫一声，盘旋在空中，用鹰嘴和翅膀猛烈地攻击赤狐。赤狐被大鹰的翅膀拍倒，他抓住机会，狠狠地对大鹰的翅膀咬了一口。大鹰想逃离这场攻击，于是松开了利爪，放下黑蛇，准备起飞。可赤狐又瞬间冲了过来，像闪电一般凶猛地朝鹰脖子咬去。大鹰惊慌失措，赤狐靠得这么近，翅膀起不到攻击作用了，他张大鹰嘴，举起钢铁般的利爪朝赤狐漂亮的红色身体发起进攻，很快，赤狐身上就出现了一道深红的血印。

对大部分狐狸来说，素有"空中之王"称号的大鹰比他们厉害多了，可赤狐的强壮和精明却让大鹰处于下风。不到几秒钟的工夫，赤狐就可以完全战胜大鹰，咬断鹰的脖子。然而，在这个关键时刻，大鹰发现黑蛇意外地成了自己的帮手。刚刚受到攻击的黑蛇伤势严重，翻滚着身子，打算逃到某个地方躲起来。赤狐却正好在打斗中踩到了黑蛇，虽然黑蛇没看见，可是瞬间就扭动着身子缠在赤狐的后腿上。赤狐很生气地转过身来，对着缩成一团的黑蛇一口咬去。赤狐用力撕扯着黑蛇，想甩开他，可是就在这时，大鹰恢复了体力，艰难地直起身子，顺利飞到了空中。大鹰浑身是伤，血迹斑斑，非常丢脸,拍打着树梢往鹰巢飞去。赤狐虽然没有完全泄愤,但他仍然十分满意,开始享受起黑蛇这顿美餐来,以此好好地缓解疲劳。赤狐想,大鹰吸取了这次教训,以后肯定会离自己和家人远远的,不敢再越雷池一步。

第十二章
蜜蜂入侵

经历了这次羞辱，大鹰再也没有飞到过赤狐的岩石上空。每次飞过山顶时，他都会先沿着自己的峡谷飞一公里。对小狐狸们来说，大鹰曾经是严重威胁，如今这唯一的危险不在了，小狐狸们自由自在，在自己高高的、隐蔽的领地上玩得十分欢乐。环瓦克热烈的春天慢慢走了，夏天很快到来，小狐狸们也一天天地长大了。六月来临前，岩石下面的世界全都铺展开来，变成了一片鲜绿色的海洋，往远处望去，鲜绿色逐渐变成暗紫色，一直延伸到天边。小狐狸们差不多已经可以照顾好自己了，在狐狸妈妈的悉心指导下，他们的捕猎技术飞速进步。活泼的小狐狸们很鲁莽、浮躁，充满好奇，但狐狸妈妈很少训斥他们，所以小家伙们很自由。不过，他们都敬畏一只狐狸，那就是赤狐。但只要没有危险威胁到小狐狸们，赤狐似乎总是对小狐狸们视而不见。

然而，六月中旬的一天，危险来了。而在这次危险面前，赤狐所有的力量和精明都显得无能为力。那是个大热天，大约十一点的时候，晴空万里，微风轻拂。一股芬芳的空气从光秃秃的山顶吹过来，仿佛是烈日下沉睡的田野、树林、花园心怀感激地向空中呼出了香脂冷杉、荞麦和三叶草的味道。狐狸妈妈和小狐狸们躺在洞口边的阴凉地里，伸着懒腰，舒适自在。岩石顶下几米远的地方，赤狐则躺在一块小小的阴凉地里，独享着环瓦克山这边所有的凉爽。

大约在同一时候，在杰比·史密斯山谷的花园里，有一群兴高采烈、满怀期待的蜜蜂。杰比有三个蜂箱，是用老式的箱子做的，一个白色、一个浅蓝，另一个黄色，这样涂上不同颜色，蜜蜂们就能认清自己的巢了。蓝色和白色蜂箱的门口周围聚集着很多蜜蜂，由于太炎热，它们被迫从蜂巢出来了，它们悬垂在门口，像几条细长的彩带一般。蜂箱门口一些蜜蜂埋着头、嗡嗡嗡飞速振动着翅膀，为珍贵的蜂蜡和蜂巢的里面通风。这两个蜂箱的门口稍远的地方各有一群往斜上方分流的蜂群，这些辛勤的蜜蜂收集着花蜜和花粉，进进出出，勤勤恳恳地忙着自己芬芳的事业。

可是，黄色蜂箱的门口却没有忙碌的蜜蜂。除了部分忠诚的家族成员忙于喂养幼蜂，或是为蜂巢扇风、打扫外，其他的蜜蜂都聚集在蜂箱前方，黑亮亮的。

黄色蜂箱前面十分隐蔽。上面四分之三处，大约3厘米深的地方挂着一个巨大的倒锥形蜂群，紧紧地粘在一起。蜂箱快要挤满了。蜜蜂不断繁殖，蜂群扩大，逐渐挤满了蜂箱。而且，成群的工蜂正等待孵化，孵化后可以继续壮大蜂箱。现在该搬家了，强大的蜂群该离开了，这样新的蜜蜂才可以住在这儿，他们则到其他地方继续着甜蜜、有序的家族传统事业，为农民做贡献。与此同时，最必要的蜂巢工作仍然进行着，每只蜜蜂都充满期待。甚至对杰比来说，也是如此。他从花园篱笆的另一边看着蜂箱，满怀期待，他要在最拥挤的王国里寻找一个优质的蜂群。他有一个很漂亮的新蜂箱，外面刷成了浅粉色，里面新涂了一层蜂蜜水，这群移民可以来这里安家。

不久，黄色蜂箱里响起了更大的嗡嗡声，蜂箱外等候的蜂群像遭了一阵电击一样，蜂巢里响起一阵阵小小的"刺刺"声，其中满含着愤怒。原来，蜂后想方设法要刺死那些还困在蜡制蜂房里的幼小对手，而她的随从们很恭敬而坚决地制止了她。在大家善意的劝阻之下，细长的深色蜂后最后激动地冲到蜂箱门口，穿过蜂群飞进空中。瞬间，黑色的蜂群犹如一阵大风面前的泡沫一样，一下子消失了。豆荚地和醋栗灌木丛上方突然密密麻麻的全是嗡嗡作响、盘旋不已的蜜蜂，蜂群中间正是蜂后。

蜂群慢慢分开，像被风吹散的云朵一样，可是又被一股奇怪的合力聚在一起，像一团星云即将聚集成了一个世界，蜂群围绕着神秘的中心，慢慢离开花园，穿过蓝色花海的亚麻地，落在了一棵粗枝大叶的苹果树上。杰比和蜂群保持着一定的距离，小心翼翼地跟在后面。看到这儿，杰比很高兴，眼前的苹果树很矮，很容易够着，让蜂群进入蜂箱就不难了。

蜂群在苹果树上安定下来。在苹果树的一根主树干底部，一个深色的蜂群开始形成。空中盘旋的蜂云迅速缩小了。不一会儿，蜂群就变得像一个水桶一样大。盘旋着的嗡嗡叫的蜂云"浓缩"了，在苹果绿的阴凉地里悬挂着，形成了一个新的世界。

蜂群完全稳定后，杰比急忙带着新蜂箱、短梯子和一些绳子，穿过田野赶过来了。杰比小心地将梯子靠在树干上，带着蜂箱爬上苹果树，在蜂群上方放下箱子，然后用绳子把箱子绑在了树枝上。他所有的动作沉稳、缓慢、轻柔而且自信，蜜蜂们一点都不起疑心。杰比把蜂箱固定在自己满意的位置后，就爬下树来，他相信蜜蜂们一定会认为这蜂箱是一个便捷安稳的蜂巢。几只蜜蜂好奇地在杰比的头周围嗡嗡飞着，有几只落在了他的手上和脸上。可是，没有一只蜜蜂蜇杰比，枯瘦的杰比很受蜜蜂们欢迎。

通常，杰比的愿望十有八九都会成真。一般情况下，蜜蜂们很快就会从苹果树枝飞到上方凉爽、芳香的黑色凹洞，然后住下。杰比随后会用一块布盖住蜂箱，好让蜂箱更加隐蔽，然后就离蜂群而去，直到天黑后，他才回来解开绳子，轻轻放低蜂箱，慢慢将其放在一块平滑的方形木板上，木板周边还有钩子。然后，杰比扛着箱子回到花园，把箱子放在其他蜂箱一旁，这些蜜蜂就会安顿下来，并开始酿蜜、繁殖。

可这群蜜蜂恰好事先有了计划，他们才不会受到其他诱惑。蜜蜂管理员时不时都会遇到这样的蜂群——爱探险，难以管控，下定决心推翻人类长久以来的统治。实际上，有一些蜜蜂已经爬进了空空的蜂箱，尝到了最爱的蜂蜜。可是，忽然之间蜂群又飞起来了，散开了，再次盘旋到空中。杰比失望极了，但他知道自己也无能为力，于是他靠在蛇形栅栏上，看着盘旋的蜂云越飞越高，朝树林和崎岖不平的斜坡飞去了。蜂群还没飞到半山腰，就消失在杰比的视线中。杰比遗憾地转过身，继续锄地。他很清楚，追赶高高飞起的蜂群毫无意义。很明显，几天前，这个蜂群就派了几只蜜蜂出来探险，他们已经在荒野深处找好了住所。

这一天风和日丽，也没有暴风雨的迹象，移居的蜜蜂们安心地踏上了漫长的征程。不一会儿，赤狐从自己的有利位置看见了一朵奇怪的云慢慢掠过树梢朝山坡飘来。赤狐知道，这是一群蜜蜂。他已经不止一次躲在安全的树丛，饶有兴致地观察一群群蜜蜂了。赤狐向下看着这一群奇怪的蜜蜂，一点都不担心。他从来没有在这么高的山顶周围见过蜜蜂，他以为，这群蜜蜂肯定是在找一棵空心树或者下面的一个裂缝。可是，要是赤狐知道过去几天里，几只离群的蜜蜂来过山顶，探寻过干燥的树丛，现在看着这个蜂群越飞越近，他可能不会有些担心了。如果赤狐知道这些小小的、不起眼的探险家已经到访过自己的洞穴，而且发现这个洞穴不论是雨天、雾天都很安全，敌人也很难找到，那么他盲目的自信就会全然消失。盘旋的蜂云越来越近，越来越大，也越来越黑，直到赤狐听见了嗡嗡的声音。赤狐还没有意识到蜂云飞得究竟有多快。此刻就有几只蜜蜂飞到赤狐面前，在他的耳边发出嗡嗡声。赤狐觉得，蜂群会飞过山顶。他蹲着身子等了一两秒钟。突然，他感觉耳朵上有一根热刺蜇进去了。

赤狐很聪明，他没有立刻报仇，而是晃晃脑袋，紧张地溜下岩石，躲进了洞里。洞口前的小凹洞里已经布满了密密麻麻的蜜蜂。狐狸妈妈和小狐狸们立刻知道有麻烦了，得赶紧藏起来。小狐狸们跟着妈妈跑的途中，受好奇心的驱使，跳起来咬向在耳边嗡嗡直叫的无礼的飞虫。毫无疑问，小狐狸们立刻就被蜜蜂蜇了，他们尖叫着奔进洞里，惊恐地垂下了漂亮的尾巴。

进洞之后，狐狸妈妈和小狐狸们都蜷缩在赤狐身后，担忧地等着接下来要发生的事情。很快他们就知道要发生什么了。赤狐看见洞口变暗了，蜜蜂很快在上面聚成一团。他感觉第一批入侵者在自己的毛发上爬行，然后他被蜇了两三次。小狐狸们又开始叫起来。赤狐大叫一声，告诉狐狸妈妈和小狐狸们跟着自己，然后他们一起冲出洞来，每只狐狸红色的毛发上都是密密麻麻的蜜蜂。赤狐依然很聪明，没有反击。蜜蜂们身上全是蜜，也不想打架，所以赤狐只是被多蜇了两三次。

小狐狸们跟着赤狐出来了。赤狐很留心，他没有跑得太快，这样不至于把小狐狸们甩得太远。瘦小的狐狸妈妈跟在最后面，她身上落满了黑色的蜜蜂，差点都看不出原来的模样了。狐狸妈妈很快学会了赤狐的自制，她没有反击，因此只有零星几只蜜蜂蜇了她。

她身上的大部分蜜蜂都很温和，可能蜜蜂只是觉得她是个很好的落脚点。小狐狸们可没有这么幸运。反击是他们的家族血统，他们边跑边咬，痛苦尖叫着，内心感到十分惊讶。可即便是在这样的灾难下撤离，他们仍然没有丝毫害怕。

赤狐和狐狸妈妈就在离洞口几步远的地方，身上落满了密密麻麻的蜜蜂。不过，没过一会儿，大部分蜜蜂就飞到空中，急切地飞进洞里和蜂后团聚。可是，鲁莽的小狐狸身上的蜜蜂们全都被激起了斗志，一直和小狐狸们纠缠不清。赤狐了解这种情况；幸运的是，小狐狸们也知道该怎么办。赤狐在岩石间穿梭，带着很不开心的小狐狸们来到了最近的杜松树丛，径直跳了进去。当赤狐一家出现在树丛的另一边时，他们的毛发终于恢复了原本的颜色，因为几乎没有蜜蜂成功地飞过结实多刺的杜松树丛。很多蜜蜂都死了，更多的是变残废了。在突然的冲刷中，有几只蜜蜂没有受伤，他们在树丛间嗡嗡飞着，徘徊了好几分钟。

赤狐带着小狐狸们穿过杜松树丛，走过茂密的蓝莓林，再穿过各种各样毛茸茸的灌木丛，最后，全家人毛发里的蜜蜂全都被甩掉了。赤狐一直朝着山腰上小溪边的小草地跑去，他常常在那里捉老鼠。小溪两岸的草地和水流间有一片潮湿裸露的土地。在那里，赤狐教小狐狸们用鼻子蹭地、在地上打滚。最后，小狐狸们浑身都粘上了凉凉的土壤，就连毛发根部都是土，这可以帮助治愈他们的伤口。

湿土发挥了功效，小狐狸们身上小伤口里的烈性毒液被排出来了，火烧一般的疼痛减轻了。过了一会儿，小狐狸们就感觉好多了。然后，他们在甜甜的草地上打滚，以便清洗、弄干自己的毛发，就这样滚了好几个小时。洗干净后，他们毫不费力地在草地里捉到了老鼠，开始享受美餐。草地上面有一处斜坡很干燥，沙子很多，在那里，小狐狸们发现了一个老土拨鼠洞穴。在找到下一个安稳的住处之前，赤狐一家暂时就以此为家。

第十三章
黄色饥渴

老土拨鼠洞的主人在这个季节之初被赤狐猎杀了,根据夏天的需要,赤狐扩大了洞穴,一家人住着十分舒适。赤狐没有住在洞里,他不想和躁动的小狐狸们一起住。他找了近处的一棵茂密的云杉树,他很喜欢树木散发的辛辣气味。小狐狸们个头变大了,也更加独立了,狐狸妈妈觉得有些麻烦了,因为她总是要防止他们做傻事。他们的爸爸——赤狐远近闻名,因此,很多小狐狸遇到的危险,他们都不会遇到。除了那只被大鹰捉走的小狐狸之外,其他的小狐狸都安全地长大了。赤狐从来不干预小狐狸们,也从来不教导、不约束他们,实际上,他对小狐狸们视而不见。他总是站在一家人身后,保护一家人的安全。赤狐一直都不明白自己为什么要这么做,可是这个问题又时常困扰着他。也许,他觉得这么做是为了瘦小的母狐狸。在这个动机后面,毫无疑问,是更深层次的父亲本能在发挥作用。

现在,小狐狸们习惯在黄昏或夜晚出去,自己钻研学习各种动物的踪迹。有时候，赤狐也会在附近捕猎，不过小狐狸们并不知道。赤狐几乎每一次都能凭借智慧成功捕到猎物。

有一天，赤狐躺在一丛野草中，等候一只兔子，他相信这只兔子会出现在自己面前的小路上。突然，一只大浣熊踮着脚尖走来。浣熊又大又黑的眼睛四处打量着，仔细看着每一块阴影。浣熊很快发现了赤狐，赤狐还以为自己已经隐藏得很好了。赤狐觉察自己被发现后，表情一下子变了，两只奇怪躁动的眼睛突然眯了起来。浣熊继续向前跑去，仿佛自己什么都没看见，赤狐也寸步不移。赤狐和浣熊都很清楚，对方在战斗中都十分勇猛。他们都不想干涉彼此，一旦发生冲突，毫无疑问，赤狐一定能赢，但是最后一定浑身是伤。因为要想打败大浣熊这样可怕的对手，赤狐不仅需要力量和勇气，还需要用上所有的聪明才智。

浣熊身后十步远的地方跟着三只小浣熊，很明显，小浣熊们正急忙追赶妈妈。他们没有看见赤狐，赤狐毫不在意地看着他们。这些肥肥的小浣熊非常美味，可赤狐不许自己这样想。赤狐朝小路瞥了一眼，发现浣熊妈妈正转过头来看，她是在确认赤狐是否遵从他们之间的休战协议。

这群小浣熊跟着浣熊妈妈，在小路尽头刚一消失，另一只大眼睛、宽脸庞、有着环条纹尾巴的小浣熊就跟着来了。这只小浣熊不紧不慢，似乎一点都不在意自己和家人之间慢慢拉大的距离。他慢慢游荡着，一会儿嗅嗅这儿，一会儿嗅嗅那儿，明显没有想到野外各种各样的危险。总之，要么是这只小浣熊太鲁莽轻率，爱干傻事，要么是浣熊妈妈相当自信，觉得即便自己离小浣熊很远，也能够保护他。这只小浣熊给人的感觉就是缺乏审慎的忧虑感，而这种忧虑感恰恰能够帮助野外小动物成长。赤狐看见了眼前这只漫不经心的小家伙，皱了皱自己黑色的鼻子，不过他并没有打算骚扰这只粗心大意的小浣熊。

可是，就在小浣熊刚刚要走远时，赤狐看见，自己家中一只不听话的小狐狸迅速偷偷跟上了小浣熊。这是所有小狐狸中最大的一只，他长得很壮，而且以后可能会长到跟赤狐一样的个头，拥有跟赤狐一样大的力气。但小狐狸全然没有爸爸的智慧，不然，他也不会跟踪浣熊一家。看见小狐狸轻率而盲目地跟上去，赤狐非常生气。他想象出自己马上就要和大浣熊进行一场血腥但又毫无益处的争斗，而且母狐狸也可能会被拖入这场战斗。赤狐忍无可忍了。他从树丛冲出来，拦在路的中间，一脸谴责地看着自己愚蠢的孩子。看见爸爸的表情和态度，听见爸爸气呼呼的声音，小狐狸一下子明白过来。他有些不高兴，迟疑地往后退去，然后，他转过头，极不情愿地跑回了家。也许，小狐狸觉得爸爸这样做有别的用意。小狐狸消失在路的尽头之后，赤狐才转过头来，看见大浣熊也刚刚消失在路的另一个尽头。原来，浣熊妈妈刚刚也跑回来了，就是为了保护那只掉队的小浣熊。

几天后，又有一只很有野心的小狐狸在太阳下山的时候独自出门，跟踪其他动物的踪迹，结果使自己陷入了困境。事情是这样的。林间有一处空地，地里长满野草，地势险峻。在地边的一块岩石下，金红色的太阳掠过低地边稀疏的树梢，然后不见了。在那里，小狐狸发现了一个土拨鼠洞。小狐狸很自豪，士气高昂，他像一只猫一样蹲在洞旁边，等着洞主人出来。几分钟后，洞主人真的出来了。那是一只脾气暴躁、胃口极好的土拨鼠，正准备出门找一些药草和草根吃。土拨鼠刚一出来，鲁莽的小狐狸就猛扑上去，以为自己能迅速轻松取胜。可是，土拨鼠根本不怕小狐狸。土拨鼠看起来矮矮胖胖，褐色的身体显得无精打采的，可实际上他精力充沛，浑身都是肌肉。他长长的尖牙像一个个凿子，十分锋利。尖牙是他最强大的武器，他那健壮的小身板从来不知道什么是"胆怯"。土拨鼠愤怒地吱吱叫起来，疯狂地进行反击，他把报复的长牙深深咬进小狐狸的脖子里。

小狐狸大惊失色，剧痛之下尖叫一声，放开了土拨鼠。小狐狸本身就变成了猎物，自己却还要以卵击石，想再咬一口土拨鼠。他咬啊咬，猛烈地攻击着自己的敌人；而对于自己咬伤小狐狸这件事，土拨鼠感到很满意，此刻他就像一条恶犬一样，也不停地撕咬着。大约三四分钟后，小狐狸和土拨鼠在洞口玫瑰色的草上翻滚着，毫无经验的小狐狸拼命地反抗，很快就筋疲力尽了；狡猾的老土拨鼠继续坚持，他歇了一口气，等待着自己的机会。只需一两分钟，小狐狸就会筋疲力尽，任他摆布。可是，就在斗争的关键时刻，已经胜利在望的土拨鼠却突然松开小狐狸，猛烈地晃动了几下后，便挣脱了小狐狸的撕咬，最后像一根褐色线条一样冲进了洞里。

原来，老战士土拨鼠的眼睛冷静而又警惕，他看见了赤狐正悄悄顺着空地多草的边缘飞奔而来，打算救自己的孩子。赤狐知道土拨鼠勇猛好战，对于小狐狸开展的这场战斗，赤狐却比较满意。他赞许地舔舐着小狐狸的伤口，然后在洞旁边蹲下来，等着土拨鼠出洞。赤狐想为自己的孩子报仇，同时享用一顿肥肥的土拨鼠美餐，可是赤狐白等了。这只经验丰富的土拨鼠十分狡猾，就在距离这个洞口两三米远的地方，在一根木头旁边的茂盛草丛里，是他的洞穴的另一个洞口。他探出鼻子，一动不动，耐心地观察着赤狐。赤狐在洞口等了半小时，土拨鼠在另一个洞口向前注视着。火红的太阳慢慢落山，傍晚的天空变成了灰色，露水落进了森林里。赤狐有些不耐烦了，于是转身离开，寻找其他猎物了。土拨鼠又在洞里待了一个多小时，然后才自信满满地出来，四处寻找一些素食，对除了草皮和树叶之外的任何东西不感兴趣。

盛夏时节，环瓦克山遭遇了罕见的干旱。一连几个星期都没下雨。无情的太阳每天都炙烤着大地，吸收了地上的所有的水分。河流变窄了，村落里的水井干枯了，林间的水池干涸了，只有成片倒下的枯草和干巴巴的泥巴。这片泥土变干之前，水里的虫子、虫蛹以及小甲虫都满心厌恶，绝望地埋藏了自己。很多青蛙也明智地妥协了。其他愿意冒险、缺乏耐心的动物都在艰难地迁徙，寻找着幸存的泉眼。山谷的田野里，昨天还遍布着绿油油的庄稼，如今却大部分都已经变成了病恹恹的灰黄色。曾经树木繁茂的高地上，枫树、白杨树和桦树过早地染上了秋天的黄色，只不过这黄色毫无光泽，秋天的光辉全都不见了。山谷深处湖边有一些香脂杨树、榆树和加罗林白蜡树，它们对抗这炙热天气的方法是将树根深深扎进土壤里，所以枝头的叶子还是绿的。

动物界以外的大自然遭受着折磨，野外所有的兽类、禽类也难以幸免。沉闷窒息的空气似乎让动物们心烦意乱。这段时间，他们感觉很难受，可又说不上是哪里难受。以前的捕猎生活如今对他们毫无吸引力，他们都变得十分暴躁、心情愤怒，喜欢吵架。他们开始变得不像自己了，喜欢好管闲事，总是出来维护自己的权利。因此，不必要的争斗变多了，以前谨慎的容忍和相互尊重已经演变成血腥的争斗。事实上，有些动物过度紧张的状态甚至都把他们逼疯了，他们失去控制，开始盲目地攻击比自己更凶猛的动物。例如，一只熊闷闷不乐、摇摇晃晃地去溪边干涸的水池找打滚睡觉的地方，路上碰见了一只眼睛发红、嘴巴大张的水貂。突然，水貂变得异常愤怒，猛地冲向了大熊。发疯的水貂抓住大熊柔软的鼻子不放，直到自

赤狐

已被大熊撕成了碎片。大熊受了伤，十分愤怒，急忙跑到溪边，将流血的鼻子埋进湿泥里，以便排出毒素，缓解疼痛。水貂的毒素对大熊的血液影响很小，大熊的伤很快就好了，这次奇怪的攻击没有对他造成什么伤害。如果换作是其他动物遭遇类似攻击，结果很可能也会像水貂一样怒不可遏。

　　野外的凶险也降临在了男孩身上。此时男孩正沿着一条古老的青苔林道悄无声息地往前走，他那明亮的眼睛观察着这个昏暗森林的每一个细节。就在这时，男孩看见一只小黄鼠狼朝他的方向跑来。他立刻停了下来，静静地站在一个树桩旁，好奇地等着，想看看黄鼠狼要干什么。他很快就知道了。在男孩还没有反应过来发生了什么事情的时候，阴险的小黄鼠狼就来到了他的脚下，龇牙咧嘴，火冒三丈，一下子跳到男孩腿上。黄鼠狼差点就咬到了男孩的喉咙——这正是他的目标，好在男孩马上回过神来，机智地用手把黄鼠狼打倒在地。可是，黄鼠狼又立即冲了上来，看起来十分凶残，一贯温和的男孩瞬间愤怒起来。他再次用尽力气，一边把黄鼠狼狠狠甩开，一边向前一跳，把他踩在脚下，然后带着一种野蛮的满足感，男孩踩死了发疯的黄鼠狼。这种野蛮的行为，男孩自己都觉得很惊讶。

这件事带来的可怕影响，让男孩在接下来的好几天都对野外毫无兴趣。在无情的干旱时节，男孩印象里美好的森林消失了。

黄色饥渴的诅咒在这片地带已经持续了好几周时间。一个炎热的早晨，赤狐从杜松树丛的阴凉处往下望去，看见一只大麝鼠爬过干涸的溪岸，笔直地穿过草地，朝着丛林深处而来，通常很少有麝鼠会来这里。赤狐怀疑地看着麝鼠古怪地前进。他不喜欢这些动物，他们头脑简单，总是干一些不应该干的事情。

突然，让赤狐既担心又气愤的是，一只个头稍大、不动脑子、十分顽固的小狐狸偷偷溜出洞来，小心地往下跑，他想去拦截慢慢走近的麝鼠。当然，小狐狸采取了所有的预防措施来掩护自己，他躲在草丛后面，肚子贴地慢慢爬行，但麝鼠还是发现了他。麝鼠没有立刻惊慌失措，飞奔回溪边，而是直接凶猛地冲向了小狐狸。赤狐看见麝鼠发了疯，只要麝鼠一口咬下去，他的毒液就会让无知的小狐狸毙命，于是赤狐像一条红色闪电一样，立即离开洞穴，穿过草地，出现在麝鼠身后。麝鼠和小狐狸正在打斗，完全没有注意到赤狐来了。只要一秒钟的工夫，他们就会咬住对方的喉咙，虽然小狐狸肯定会很快咬死麝鼠,但如果被麝鼠咬到了小狐狸也会中毒,什么都救不了他。此时此刻,赤狐像箭一样直接跳过去,用无敌的嘴巴咬住了麝鼠耳后的脖子。发疯的麝鼠根本没有机会反咬赤狐,甚至连叫都没机会叫一声。赤狐猛地一拉,麝鼠的脖子就断了。赤狐把挣扎的麝鼠放在地上,快步跑回灌木丛下的洞穴,把战利品留给小狐狸,因为这场战斗是小狐狸挑起的。可小狐狸很不高兴,觉得爸爸蛮横地插手自己的战斗,转身钻进了树林里,任由麝鼠的尸体在阳光下被蚂蚁和苍蝇叮咬。

第十四章
森林的红色之灾

  干旱几乎不堪忍受了，人和动物、花草树木似乎全都双手合十，大声呼喊着祈求上天："还要干旱多久啊？"然后，空气中出现了一股轻微的苦辣味，干枯的树林害怕地战栗起来。紧接着又出现了一层薄纱似的水蒸气，带着淡淡的紫色，十分神奇而又暗藏凶机。在薄薄的水汽中，天空、树木、山脉、田野全都变了模样。森林里所有的动物和村落里所有的农民都紧张地仰望着天空，预测着风的方向。

  千里之外，小湖最远处南侧的山里，树木十分茂盛。一个非法捕猎的笨蛋在那里露营，他很不负责任，走的时候没有扑灭篝火。后来火势偷偷沿着干枯的草丛、苔藓和枯叶蔓延，无声无息地在辽阔的大地上燃烧起来，最终点燃了树木。一天早上，一股微风吹来，危险的刺鼻味道悄悄飘过村落，掠过山顶。晚些时候，一层薄薄的烟雾来了。那天晚上，如果有人站在山顶看——两个月前，赤狐正是把那个山顶当成看台——就会看见南边的天空中出现了一条红色的火线，吐着细长的火舌，所到之处全部化为乌有。可是，只有大鹰看见了这场美丽的灾难。傍晚的最后时分，大鹰们带着两只小鹰飞起来。如今，小鹰们已经稀稀疏疏地长出了黑色的羽毛，看起来几乎和大鹰一样大小。鹰群飞到环瓦克山远处侧面一块裸露的悬崖上。四只鹰挤在一块安全的岩架上，入神地看着预示着灾难的红光。

此时，赤狐正在洞穴里坐立不安，并没有出去捕猎。他从来没有经历过旱灾，也没有见过森林大火。他的直觉并没有给他提供充足的信息，至少目前来看，危险还处于初级阶段。这是唯一一次赤狐敏锐的直觉出现了问题。他无能为力，只能静静等待。

夜深后起了一阵风，红色的火线穿过南边的天空，变成一道凶猛的红光，把天空映得通红。很快，一只鹿妈妈和两只小鹿惊恐地跳着跑过赤狐身边。赤狐仍然没有行动，他想知道究竟是什么东西威胁着他，之后再决定往哪里逃跑。他没有再在灌木丛下休息，而是笔直地站在洞口沉思，母狐狸和小狐狸们蜷缩在他身旁，战战兢兢。一只笨拙的豪猪噻噻地从赤狐身边跑过去，他速度极快，赤狐都不敢相信一只豪猪竟然跑得这样快。紧接着，又有一只黄鼠狼、四五只兔子跟在豪猪身后奔跑，像是全然忘记了豪猪凶残的本性。此时，呼呼的火声顺着风传来了，草木燃烧的噼啪声越来越大，紧接着，一阵阵呛人的浓烟升起来了。很显然，现在必须要开始行动了。赤狐认为，在火苗前面一直往前跑是逃不掉的，火苗肯定很快就会追上他们，使他们喘不过气来。他觉得最好的办法是穿过大火蔓延的那条路，跑到对面的空地上，这样才可能远离火焰的侵袭。赤狐想起了村落旁边的开放田地，他认定那里就是最安全的地方。于是，他大叫一声，向母狐狸发出信号，开始斜穿过草地，走了长长的一段路，越过小溪，爬下山坡，全家人紧紧跟在他身后。他们刚刚穿过草地，就发现忽然之间，一大批逃命的动物也跟着过来了，有小鹿、大熊、土拨鼠、松鼠、兔子、夜猫、老鼠、黄鼠狼和豪猪。这群动物里面没有麝鼠，也没有水貂，因为他们都躲到河道里去了，不论河道变得多窄，他们都相信那就是自己的逃生之路。赤狐聪明地设计好了自己的逃跑路线，但是，他突然看见红色的火舌正在舔舐着前方的树木，燃烧的木头和巨大的火花开始往他身上掉。四周全是可怕的景象和惊恐的声音。看见大火截住了去路，赤狐转头朝着另一条对角线方向跑去，希望能够越过山顶逃命。他加速跑了一会儿，穿过了其他惊恐逃亡的动物队伍。可是很快，赤狐发现这个方向上的火焰仍然赶在了他前面。他看了一眼身后的洞穴，洞后是一排阔叶树，大火已经在两侧烧了起来，烧进了香脂冷杉和云杉树林。赤狐不知道可怕的烈火究竟是什么，也没有料到烈火更喜欢燃烧树林，他的预判把自己带错了方向。现在他什么也做不了，只能加入惊慌失措的逃亡动物队伍里，一路向前逃命。

然而，在这样可怕而令人不解的情况下，赤狐仍然保持着清醒的头脑。他记得前面不到两千米的地方，往下走的山腰高地上有一处沼泽地，沼泽远处有一块较大的河狸池塘。赤狐突然转向左边，朝着还有一丝希望的避难所的方向，带领一家人以最快的速度奔去。当然，这个速度受到了家里最弱成员的影响。但那只曾被爸爸从老浣熊和疯麝鼠嘴边救下来的顽固大个子小狐狸觉得，这个速度还不够快。这只小狐狸虽然被吓坏了，但同时他很独立、很自信，飞速往前冲去。他的身边跟着一群兔子和一只黄鼠狼，似乎没有谁在意和小狐狸一起逃命。狐狸妈妈着急地呼喊小狐狸，可是他根本没有留意，很快就消失在家人的视野中。最后,这只小狐狸是凭借自己的力量,幸运脱离了危险,还是被大火吞噬,悲惨地死去,赤狐永远都不会知道了。

数量减少了的赤狐家族成员紧紧跟在赤狐身后,继续肚皮贴地全力奔跑,穿过陌生的野生动物群,大家呼哧呼哧地逃命,没有谁叫出声来。身后噼里啪啦的烈火迅速推进,天空可怕的红光似乎要倾倒在动物们身上。四周不时喷出来滚滚浓烟,仿佛要吞噬掉这群动物,让他们窒息而死。空中飞着几百只惊慌失措的鸟,有松鸡、啄木鸟、小麻雀和各种莺类。聪明的乌鸦和大鹰、猫头鹰一起,高高飞到空中,远离了大火的威胁。

赤狐比较了一下自己逃跑的速度和身后大火的速度,觉得一家人正好可以在被大火追上之前到达河狸池塘。现在,他带领的紧凑的小群体中加入了两只浣熊,他们的速度和小狐狸们的速度相差无几。出于某种原因,两只浣熊相信,在赤狐的带领下他们可以逃离危险。而且,他们也感觉,跟着赤狐要比跟着其他浣熊更加安全。可是,这两只浣熊跟大部分其他逃命的动物不太一样,他们似乎并没有恐慌。浣熊用犀利的大眼睛注视着周围的一切,脸上露出一种英勇沉着的神情。在这场生死赛跑中,他们不会失败,也不会丧失任何机会。一旦赤狐失去了领跑能力,丧失了他们的信任,他们就会迅速离开。

赤狐一家惊恐万状、飞速逃命的队伍不断变化,不过,所有的动物都在向前奔跑,场面十分混乱。有些动物,例如鹿、兔子,跑得比赤狐一家还要快,很快就把赤狐一家甩在后面。一只疯狂跳跃的母鹿三两下就跳出去十米多远,穿过灌木丛加入了逃命大军。她敏捷的蹄子着地时,就落在赤狐的鼻子边上,赤狐觉得自己很幸运,躲过了母鹿的蹄子。其他的动物都比赤狐一家跑得慢,不久就被火苗赶上,被熊熊大火吞噬了。前面的灌木丛下,烈火正在饥渴地搜寻着目标。豪猪、土拨鼠和臭鼬在这样的命运面前十分绝望,可他们仍然沉着镇定。如果不能一直保持疯狂的逃跑速度,他们不久就被大火吞噬了。然而,赤狐根本不在意这些,他只关心自己的家人,家人就是他的一切。

突然,赤狐撞上了一只大黑熊,他立刻紧张起来。大黑熊站在一棵粗枝大叶的山毛榉树下的凹地里,一动不动。赤狐不明白,大黑熊为什么不和其他动物一样赶紧逃命。但就在赤狐转身的时候,他看见大黑熊身后是两只筋疲力尽、瘫软在地上的小熊崽。赤狐立刻明白过来。很明显，黑熊妈妈一路带着小熊们跑来，小家伙们再也跑不动了。现在，黑熊妈妈使出浑身解数叫小熊们起身，继续往前跑，可是一切都是徒劳。此时，黑熊妈妈静静地等待着死神的到来。她直起高大的黑色身躯，尽可能抵挡大火的烈焰。逃亡的动物们从黑熊两旁涌过，可黑熊根本没有看他们，她的眼睛里充满绝望，在咆哮的烈焰和躺倒的小熊之间游离。

赤狐焦虑地看到，自己的孩子们的速度已经开始慢下来了，他们跑得跌跌撞撞，全靠狐狸妈妈的帮助才能继续往前跑。片刻之后，前边的水域倒映出一片红色的亮光。赤狐嗅到了水的味道，疲倦的小狐狸们也嗅到了，他们又打起精神再次加速跑起来。几秒钟后，赤狐一家就跳进了救命的凉水里，他们身旁是两只浣熊。周围各种各样的森林动物全都气喘吁吁，纷纷跳进水里。

赤狐一家都很讨厌水，可是在这样的紧急情况下，他们也会游泳。赤狐带着家人来到最大的河狸窝。河狸窝靠近池塘中央，圆屋顶是用粗糙的树枝和泥巴筑成的。池塘里到处都是踩踏、溅水、游泳的动物，很多大型动物，比如熊和鹿，都簇拥在池塘的远端。几根悬伸的树枝上趴着几只野猫和山猫,他们不敢靠近水,也很痛恨水。在一片混乱中,野生动物中最害羞的河狸却沉着地忙碌着,根本不管急忙赶过来的究竟是哪些杂七杂八的动物。河狸们知道,长久的干旱已经将他们的巢穴烤成了一个易燃物,一点就着。现在,河狸们不顾一切,急匆匆而又秩序井然地将池底的湿泥涂在窝顶,这样做,至少巢穴会相对安全。

此时大火的高温袭来,噼啪怒吼的烈焰差点就烧到了动物们身上。赤狐把家人带到远离河狸巢穴的地方,而自己却待在前边视野开阔的地方放哨。池面的浓烟渐渐少了,水面到处都是烧红的木头,仍在咝咝作响。火舌蹿到松树和冷杉树高高的树干上,像是要全部蹿到空中,点燃上方的树木。东南方整片天空就像一堵燃烧的炽热铜墙,烧到了天顶,整个天空似乎都要倒塌下来。铜墙对面的水边矗立着一排黑乎乎的树木,还在和烈焰对抗,成为了最后一道屏障,但这道防线也开始崩溃了。

终于,两道脆弱的屏障倒塌了,咆哮的大火风暴在池面上轰然爆发。动物们忍着疼痛,十分惊恐,很多动物开始在水中互相踩踏。有的动物害怕溺水，结果都被高温烤焦了。赤狐一家远离最稠密、最疯狂的动物群，他们沉入水下，每隔一秒钟就把鼻子伸出水面呼吸。赤狐一直十分好奇，无论情况多么紧急，他都尽可能地把头探出水面，好让自己了解周围发生的一切。他沉下水，立马又伸出头来，强忍着高温，他感觉自己的眼睛都要被烧焦、鼻孔都要起泡了。赤狐看见一只大山猫，毛发都被烧焦了，看起来比平时的个头小了一大半。山猫往前纵身一跳，尖叫一声落入水中，之后再也看不见了。其他的猫像发了疯一般游泳，从厌恶的水里爬上鹿背和熊背，因为他们没有敌意，因此鹿和熊也根本没注意。一只大野猫被严重烧伤，不过他还是成功地爬上了一个河狸窝顶，于是就蹲在上面，对着火焰呜呜地叫着，他的周围还挤着几只松鼠和金花鼠。野猫浑身湿透，厚重的湿毛似乎能够抵抗一阵高温。突然，野猫灵机一动，再次沉入水中，眼睛瞪得大大的，惊恐地盯着周围的一切。

一两分钟后，大火在池塘两边燃起，然后在中间汇合，池塘被一道咆哮的火墙包围。混乱的动物们刚刚还挤在池塘远端，现在却疯狂地奔到池水中央，赤狐紧张地准备将家人带离暴乱的动物们。但可怜的动物们全挤在一起，谁也游不动，大家只是相互把别的动物往水里踩去，大部分动物还没有游到水中央就已经被淹死了。个头较大、身体强壮的动物当然幸免于难，但现在水中央的很多动物都吸入了浓烟，内脏被严重烧伤。一开始，赤狐害怕那些动物会发起攻击，现在他的担心全都消失了。几只离群的动物去了水中央的河狸窝，窝顶的湿泥冒出阵阵水汽。

池塘不再拥挤了，在猛烈的红色火光中就像是被遗弃了一样，所有的幸存者要么是在水中央游来游去，每隔一会儿就潜进水里，防止被高温灼伤；要么就像赤狐一样缩在水下。聪明的河狸在自己的水窝里待着，十分满意，麝鼠在自己的深洞里躲着不出来，水貂在沼泽地的陡岸里潜伏着。

几分钟后，热量明显减退，池塘迎风的岸边，所有的灌木丛、树枝、小树都在狂风里被烧得一干二净。高高的树干还在燃烧，就像烧了半截的火炬一样随着火光摇曳。背风面咆哮的灌木丛散发的高温已经随风散去了一部分。大火的中心慢慢向前移动，跳跃的火苗也向前移去，只留下一股股浓烟，烧红的草木屑点亮了夜空。岸边残存的灌木丛上仍然蹿动着活跃的火苗,啪啪作响,森林地上铺满的厚重苔藓和腐叶烧得像一块块发红的泥炭。温度继续下降,生还的很多动物试着爬到岸边,结果却把脚给烧伤了。赤狐很精明,他不会去做徒劳的尝试。他带着家人,爬上河狸窝顶,明智地等待着可怕的夜晚慢慢过去。赤狐等了几个小时,就像等了一个月一样,终于,西北方向的天空微微发亮,狂怒的红光开始褪去,橘黄、娇红的火光悄悄地离开了可怕的荒芜之地。中午时分,大火仍然在苔藓丛里蔓延,四处仍然是灼热的滚滚浓烟,烧黑的枯树仍然时不时地发出"扑哧"声,同时弹出零星的火花,但是,被烧毁的森林里的温度已经降下来了,赤狐可以小心地迈着步子,带着家人穿过枯树林了。赤狐的脚也烧伤了,毛也烧焦了,他忍着呛人的浓烟和饥渴,朝着右边走,最后终于来到第一个低地牧场。牧场很大,火焰也无法穿过去。牧场另一边的树林仍然绿影婆娑,安然无恙。赤狐暗自窃喜,加速跑过满是石头堆的牧场,冲进了怡人的凉爽中。

第十五章
红色雄鹿的烦恼

　　大火过后,瓢泼大雨接踵而至,浇灭了苔藓和树桩,灌满了小溪和池塘,给环瓦克村庄带回了生的希望和喜悦。可是,整个环瓦克山一带都留下了一个残忍的黑色伤疤,沿着山脊的上坡,顺着低地的湖泊一直延伸到野外的安达努西斯大峡谷。在接下来的春天里,灌木丛、野草和树叶都会慢慢长出来,植被的芳香会慢慢淡化伤疤,但这个伤疤可能需要两年,甚至更长的时间才能被修复。赤狐很憎恶这个伤疤,因为这个伤疤意味着广阔丰富的狩猎场惨遭破坏。然而,草地却并没有遭受重创,因为草地旁边没有灌木,大火烧不起来,土里的草根并没有完全被烧尽。大雨之后,草地上很快就长出了小草,从小溪边一直延伸到森林里,犹如一块绿油油的宝石,成了黑乎乎的灰烬里一块生命的绿地。赤狐和家人回到草地上边的洞穴,发现洞穴依然如故。实际上,周围的荒芜让洞穴更加隐蔽了,这样就能更好地防止外部入侵。在接下来的几个星期里,小狐狸们分头捕猎去了。他们已经长得和狐狸妈妈一样大,并且继承了赤狐爸爸的独立精神。赤狐十分欣慰，因为小狐狸们出生之前的愉快生活又回来了。和以前相比，赤狐现在去村落里的农场更加频繁，因为他知道，自从黑白相间杂种狗牺牲之后，混血狗就再也没有兴趣捕猎了。当然，赤狐还像往常一样警惕地观察着，避免遇到杰比·史密斯。但对村落的其他地方和其他动物，赤狐一点都不客气。有一次，混血狗发现了赤狐新鲜的踪迹，立即像以往一样，有些渴望地跟着，可赤狐厌倦了这样的游戏，转过头来露出尖牙，准备做困兽之斗，突然，猎狗像是想起来农场里的紧急任务，匆匆离开了。

这段时间里，赤狐觉得日常生活中充满着无限乐趣，可一切并不是波澜不惊。赤狐的能力广受认可，他的敌人很少，大家都知道赤狐精明能干，平时行事谨慎，因此他很少遇到危险。但是，在赤狐生涯的这个阶段，他还没有具备大自然和自己优秀的祖先赐予他的所有智慧。赤狐一直以来战无不胜，因此他极其自信，但盲目自信经常会让他遇上麻烦。

九月最后一周的一个傍晚，太阳快要下山了，杜松树丛下的赤狐刚刚睡醒，舒舒服服地伸着懒腰。就在这时，他看见一只长着角的高个子红色雄鹿在三米之外的地方站着，带着敌意好奇地打量着自己。现在正值交配季节，赤狐知道，雄鹿最喜欢在这个时候惹麻烦。可赤狐也知道，眼前漂亮高傲的雄鹿不可能和自己打起来。他漫不经心地拉伸之后，挺直腰板坐起身，友好地看着来客。令赤狐惊讶的是，雄鹿看着杜松树丛下的赤狐一点都不害怕自己，反而一下子就被激怒了。他迈着优雅的步子向赤狐跳去，用自己灵活的前蹄攻击赤狐。

即便是山腰上一个大黑树桩突然滚下来击中赤狐，赤狐也不会这么吃惊。可吃惊的赤狐并没有失去理智。雄鹿凶残的蹄子还没落地，赤狐就像一道闪电一样跑了出来。愤怒的雄鹿依旧紧紧跟着赤狐，像个超级大球一样，一次又一次地攻击着小小的白尾尖赤狐，而赤狐总能轻松躲避他的攻击。每扑空一次，雄鹿就变得更加愤怒，最后，雄鹿终于累了，就停下来歇口气，宽大的红色嘴角呼呼地喘着粗气。他犹豫地盯着赤狐，赤狐坐起身来，就在离雄鹿十米远的地方，镇定而冷漠地看着他。突然，急躁的雄鹿认定自己犯了错误，于是优雅地转过身，穿过草地离开了。

可不能让雄鹿就这么轻易跑了啊。赤狐怒火中烧，自己无缘无故遭受攻击，完全出乎意料。狐狸和鹿之间一直保持一种和平相处的状态,彼此的利益互不冲突。这次,赤狐决定要惩罚一下这只自大轻率的雄鹿。他一反常态,迅速向前跑去,犹如一条狗或一匹孤独的狼追赶一只麋鹿一样,狠狠地咬住了麋鹿的后腿。

雄鹿感觉受到了严重羞辱,他转过身,要攻击狂妄的袭击者。可此时赤狐已经跑出老远了。几次徒劳的攻击之后,雄鹿放弃了,再次优雅地离开了,去干自己的事情了,他似乎根本就不在乎赤狐。可是,雄鹿刚一转身,赤狐报复的长牙又一次咬进了他的后腿。

雄鹿愤怒至极,又有些担心,他再次转过身来。可是这一次,他只对着敏捷的袭击者发动了一次攻击。然后他站起身,看着赤狐,晃着自豪的鹿角,噔噔地踏着坚韧的前蹄。赤狐绕着雄鹿兜了几个圈子,一会儿向左,一会儿向右,十分迅速,弄得高高的雄鹿眼花缭乱;雄鹿紧张地变换着方向,保持和赤狐正面相迎。最后,赤狐聪明地飞奔出去,再次在雄鹿的后腿上咬了一口。此时的雄鹿灰心丧气,猛地跳了起来,疯狂地跑过草地,涉过小溪,穿过远处被烧焦的森林。

这次胜利让赤狐内心更加骄傲了,母狐狸站在洞门口,看见了整件事情的经过。胜利的一方此时往往自鸣得意，这是人之常情。可赤狐还是想着报复雄鹿。此外，以前混血猎狗和杂种狗追捕自己的时候，赤狐从他们身上学会了很多。于是，赤狐出发了，像一只捕猎的狗一样，穿过裸露的森林废墟，盯着逃跑的雄鹿，一路追赶而去。

几分钟后，雄鹿开始有些上气不接下气，他停了下来，往回看了一眼。很快，他就看见矮矮的红色狐狸肚皮贴地，伸直两腿，穿过发黑的树桩飞快地向自己跑来。雄鹿惊慌地继续奔跑起来，直到看不见赤狐。然后，他停下来歇口气，往回跑了一点，就像其他雄鹿一样，他脸朝着赤狐要来的方向躺下来。雄鹿的嘴角两边一起一伏，小小的鼻孔张得大大的，可他刚刚躺下没一会儿，突然，赤狐又出现了，固执地跟着雄鹿。疲惫的雄鹿心都快跳出来了，他一下子跳起身，穿过树干和枯树继续逃命。

这样的追赶重复了两三次，雄鹿越来越体力不支，歇息间隔也越来越短，赤狐从被烧毁的树林一直追到完好无损的森林。赤狐跟踪雄鹿时有些漫不经心，只要雄鹿精力充沛，他肯定就能逃掉。可是，雄鹿此时已经几近崩溃了。他刚一跑进枝繁叶茂的树林，就立刻停了下来，再也跑不动了。他的双腿在颤抖，很难撑住身体的重量。都怪自己鲁莽冲撞了眼前的神秘敌人，他转过头，决定放手一搏。

片刻之后，赤狐就出现了。雄鹿疯狂地攻击赤狐，但赤狐却总是能成功躲开。赤狐转着圈，思考着眼下的情况。然后他在大约六米之外坐下来，冷静地看着可怜的雄鹿。赤狐发现，眼前的雄鹿眼睛瞪得大大的，鼻孔冒着火气，两颊吃力地起伏，双腿不住地颤抖。胜利就在眼前，报仇十分有望。现在，赤狐也不知道要做什么了。虽然自己咬了雄鹿，但是并没有咬死他，这只雄鹿已经不顾一切了，所以赤狐也不想冒险挑战对方那可怕的蹄子。在这次新奇的追捕中，赤狐并不打算捕猎，只不过是因为自己受到了冒犯，为了消气才追赶对手。终于，赤狐缓缓地站起身，舔着嘴唇，得意地看了被挫败的雄鹿最后一眼，然后，他穿过矮灌木丛快步跑开，去捕捉老鼠和兔子了。雄鹿呆呆地盯着赤狐看了一眼，然后躺在地上，等着体力恢复。

第十六章
落入敌手

与此同时,自从猎人战败、黑白杂种狗牺牲之后,赤狐的名气更是在这片村落里越传越广。当然,很少有人看见过他,但是所有人都听说过他,人们对于赤狐的英勇战绩津津乐道,也时常说起赤狐不同寻常的大个头和一身极为漂亮的毛发。关于赤狐躲开枪击、避开陷阱的传奇更是不计其数。渐渐地,大家都觉得大鹰、猫头鹰、黄鼠狼、野猫每次遭受突袭,都是可怕的赤狐的杰作。一个精彩的故事,一旦赤狐是主人公,大家就兴趣倍增。虽然赤狐很活跃,不屈不挠,可除非他可以一次去到十个地方,不然不可能完成这些故事中的传奇功勋。

然而,凑巧的是,村落里能够自诩真正见过赤狐的,也许都不到六个人,而且只有两个人真正充分了解赤狐。这两个人,当然就是杰比·史密斯和男孩了。命运反复无常,总以捉弄人为乐。因为兴趣,男孩才碰见了赤狐;因为害怕,赤狐碰见了杰比·史密斯。只要赤狐嗅出了杰比的踪迹,一股着迷的不安常常迫使他跟着这踪迹,以此确保神秘的杰比没有跟踪他。有三四次，农民杰比都感觉赤狐那双敏锐的眼睛在跟着自己，于是他会突然转过头来，正好就能看见一个红色的东西渐渐消失在灌木丛中。最终，杰比开始觉得这隐秘的监视中有一种神秘的东西，一些莫名的敌意正在等待时机。赤狐内心的害怕似乎引起了他自身情绪的波动，而他的敌人杰比也正是如此。

然而，如果赤狐是跟着男孩，他的经历可能就会大不相同了。男孩总是让赤狐十分迷惑，这大大激起了赤狐的好奇心。每次赤狐狡猾地跟着男孩的踪迹，大约半小时后，穿过阳光斑驳的寂静树林，忽然，赤狐眼前就会出现一个灰色的东西，一动不动地坐在一个木桩旁边，靠在一棵树干上，看起来有点像木桩。赤狐立刻惊住了，呆呆地看着眼前的神秘人，既紧张怀疑，又非常谨慎。赤狐上下打量着，一点点地观察。往往动物在看见静止不动的物体时，都难以识别危险。过了一会儿，赤狐觉得眼前的神秘人越来越像男孩。可是，自己最熟悉的是活动的男孩，看见眼前静止不动、像块石头一样的人，赤狐总觉得他身上有股神秘而又可怕的东西。最后，赤狐终于待不住了。他走了几步，眼睛一直盯着灰色的神秘人，尝试从一个新的角度好好研究他、理解他。赤狐围着他慢慢转,越走越近,很快,迎着风,他嗅到了眼前静止的、陌生东西的气味。赤狐恍然大悟。他的鼻子似乎总是比眼睛更加灵敏,也更加可信。于是,赤狐悄悄地离开,不慌不忙,直到最后一个大树桩,又或是一处灌木丛挡住了他的视线,再也看不见灰色神秘人了。接着,赤狐飞快地跑起来,一眨眼就不见了,冷静早已抛到九霄云外。之后的一两周里,赤狐对男孩的踪迹完全失去了兴趣。可赤狐隐隐约约地觉得,有很多次,男孩都可以轻松捉到自己,但他并没有这样做。显而易见,他和杰比·史密斯不一样,不是自己真正的敌人。然而,即便赤狐的脑袋再精明、再谨慎,他也不能相信所有人,即使他们看起来毫无恶意。

秋天到了,杰比想着,作为一个农民,自己竟然让这狡猾、大胆的狐狸逃过了枪击、狗咬和陷阱,实在是有些丢人。他把庄稼装进了谷仓,手头得了空,便决定和赤狐来一场认真的智慧较量,不成功就决不罢休。

一个金蓝色的早晨,冷酷的农民杰比半开玩笑地向男孩吐露了自己的决心。杰比知道,男孩一定会极力反对。但杰比已经下定了决心,他对男孩所有的争论和请求都无动于衷。大体来说，杰比和男孩已经多次详细研究过赤狐，两人都有保留意见。可是有一次，杰比觉得自己的想法绝对没错。他说赤狐越是强壮、聪明，他干的坏事就越多，因此抓他的人也会越多。只有这一次，男孩承认自己被说服了。可是，此时男孩脑子里浮现的画面却是，英勇睿智的赤狐倒在了陷阱里、套索上，或是遭到枪击，他再也不敢往下想了。虽然输了辩论，但男孩仍然毫不动摇，坚持要解救赤狐。为此，在某些方面，他会做出妥协。实际上，看到自己战胜了机敏雄辩的年轻对手，杰比十分得意，差点就要做出让步了。

逮住赤狐这一重点目标达成一致后，男孩想报复杰比。在乡下人看来，报复的方式就是怀疑。男孩不相信樵夫杰比真的能实现自己的目标。

"杰比，你自以为很聪明呀！"男孩故意讽刺地说，"即使你搭上整个冬天，你都没法骗到那只狐狸！"

这也正是杰比所担心的。他很老实，没有否认。

"我一定可以打中他，"杰比镇定地答道，"只要我花时间一直等着！时间一长，傻子都能做到，只要他有大把的时间，没别的事。我就想设陷阱困住这畜生。我做不到，你也别想做到！"

"那好，你自个儿去吧，杰比！"男孩嘲笑道，"你知道自己做不到。但是只要我想，我就能做到！"

杰比的长脸带着讽刺皱了起来，他咬了一口"黑杰克"口香糖，然后答道：

"要是你真有这么聪明，那就做给我看看。说起来容易做起来难。"

这正是男孩一直希望得到的邀请，男孩立刻停止了对杰比的嘲笑。

"我会的。"男孩严肃地说道。嚼着"黑杰克"的樵夫杰比忽然停下来，向锯木架上吐了一口痰。两人坐在杰比院子的木堆上，杰比怀疑地看了一眼男孩，不相信雄辩的男孩真的像他自己说的那样厉害。

"是这样的，杰比，"沉默了一会儿后，男孩继续说道，"我知道那狐狸的眼睛比你好！我仔细看过他，也研究过，我喜欢他。很多次我都可以轻轻松松打死他。我知道他的那些花招。我以前拖着他的后腿，把他吊在背上——"

"你说的是真的？"樵夫杰比突然叫道。他惊讶地看着男孩，心里的敬意慢慢多了几分。他俩太熟了，能够马上判断出对方说的话是真是假。

"真的！就是那个时候我被他给骗了！但是我知道只要我想，就可以设法打败他。可我不想这样。但要是你想打败他，我可以帮你，告诉你怎么做，只不过你得饶了他的命。杰比，到时，你就会成为英雄，把狐狸给我就行。"

樵夫杰比沉思着，吐了一口痰，脑子里想着这个问题。有时候，他觉得男孩在捕杀动物方面"笨得要命"，他很不耐烦，不愿意迁就男孩。但这一次，男孩的确让步了，杰比也决定让步了。

"逮到这畜生后，你要做什么？"杰比最后问道，担心男孩要耍诡计。

男孩会意地笑了。

"嗯，我再也不会让他跑了，杰比，谁让他到处给你惹麻烦。别担心了！"

"我担心才怪呢！"杰比反对道。男孩戳穿了杰比的疑虑，他觉得很羞耻。

"啊，"男孩继续说道，"我想，要是爸爸不介意，我要自己养这狐狸一阵子，看看能不能驯服他。他太聪明了，可不像其他狐狸一样容易驯服。但是，我可没想着真的能驯服他。狐狸们从来都不会让人轻易驯服。赤狐长得这么漂亮，肯定有些表演节目的马戏团或者动物园很想买下他，也会好好照顾他，我也会去看他。得把他卖个好价钱，杰比。到时我们就把钱分了。最好他能上节目，总比丢了命好。我才不管别人怎么说呢。"

"我怎么没想到！"此时在阳光的照耀下，杰比看到周围熟悉的田地和古老的森林闪闪发着光，"我宁愿死也不要被困起来——那样就再也看不到这些了！"说着，杰比伸手一挥，似乎在抚摸着这孤独甜美的景色。

"啧啧！杰比！"男孩坦率地说道，"你就不能用脑子想想。我敢打赌，赤狐想象力特别丰富。总之，要是他自己选，我知道他想走哪条路。只要你同意，我就为他选了。要是他死了，后悔都来不及了。为什么呢？假如你被困起来，有一天突然发生了地震，石头墙上开了一道口子，这样你正好可以挤出去，继续活命！所以要帮赤狐选的话，我就选马戏团。你觉得呢？"

"好吧，"樵夫杰比慢慢地同意道，"首先我们要逮住他，要快！他骗我们骗得太久了。"

"你知道吗，"男孩说道，"这畜生很奇怪！我在你农场周围发现了他的踪迹——对他来说，这是整个地段最危险的地方，他来这儿比其他地方都多，你知道吗？"

"当然了！"樵夫杰比说道，"他还老在森林里跟踪我。感觉就像和我故意过不去一样。你觉得他想干什么？"

"也许他特别怕你，所以才监视你。或者，他知道你是他的敌人，觉得偷你的鸡更安全，免得偷别人的，他的仇人又变多了！"

"他以后别想再偷到半只！"樵夫杰比强调道。

"那除非是他不想，"男孩说，"我看到他在你的地盘转悠，然后躺在灌木丛里看，那时候母鸡就在离他不到三米的庄稼地里捉蚱蜢吃。他可以轻轻松松捉到母鸡。我还看见他蹲在鸡舍门后，透过门缝往里看——很可能在看鸡窝里的母鸡。如果他没有打扰到你，杰比，那是因为他不想。你要知道，他聪明的红脑瓜子里可是想好了呢。"

"那他最好抓紧了！"杰比怒气冲冲地说，"他剩的时间可不多了。要想抓住这个鬼家伙,你觉得我们现在该做什么?"

"过来,我给你看看!"男孩一边说着,一边带着杰比去了他自己的鸡舍里。

原来,高高的樵夫杰比有一间豪华的鸡舍饲养优质家禽。杰比多次四处寻求优质鸡蛋,多亏了这窝蛋,现在杰比才可以老拿自己一窝样好肉嫩的鸡吹牛了。洛克鸡、白来航鸡、黑米诺卡鸡在一起生活,杂交后孵出各种各样的小鸡。不过,这窝鸡很厉害,杂交之后,下的蛋特别多,有这样一间鸡舍,杰比很自豪。鸡舍很简陋,但却是现代化的建筑风格,讲究地效仿了殖民地农场的样式。鸡舍正面很宽,总是洒满阳光,两边有两个小口,这是专门为小鸡准备的,到了晚上,就会用滑动的吊门关住。

"这里,杰比,"男孩一边说,一边用脚尖踢着其中的一扇小门说,"就是你的陷阱!"

樵夫杰比眼睛里立刻闪现出一股心领神会的神情,但他深谋远虑,保持着沉默。

"还有那边,"男孩继续说道,手指向分散的鸡群,阳光下，有些鸡在啄食，有些在刨土，有些在拍打羽毛，"那是你的诱饵。"

"那些鸡怎么会愿意做诱饵？"杰比问道。

"哦，鸡群不会介意的！"男孩高兴地说道，"走着瞧好了！"

现在问题很简单。男孩知道，赤狐晚上就已经彻底查探过农场外面了，毫无疑问，要不是那天傍晚时分，他看见所有的门都关了，就一定会来里面瞧瞧。男孩推测，狡猾的赤狐想着改天来，看看是不是有门没关。现在就是时候了，操作简单有效，于是，樵夫杰比一下子就同意了男孩的计划。

男孩拆掉一个大约0.3平方米的木板台，然后把它放在一扇小门里面的地板上。他从木板台接了根绳子，穿过门两边，绕过门顶上的两个钉子，然后在中间打了个结。他在那儿装了个敏感触发器，连接着吊起拉门的绳子。木板台被他提起离地三厘米左右，并和触发器连起来。这样一来，即使是轻轻踩上去，都会启动触发器，滑动门就会自动掉下来。完成之后，在灵巧的杰比和工具的协助下，男孩将一些小垫木放在了木板台下，撑起木板台，防止它在母鸡进出的时候过早弹起。

"现在，杰比，"自豪的军事家男孩说道，两人在远处站着，看着自己的工艺品，"你只要乖乖地等着所有母鸡进窝睡觉。然后关上另一扇门，从木板台底下取出垫木。赤狐大概会在月亮升起的时候来这儿，他一定会很高兴，因为自己的敌人终于有一次忘记关门了。他肯定会偷偷溜进去，看看鸡舍里面是什么样。然后门就会掉下来，你就能捉住他了！"

"但母鸡们怎么办？"鸡主人杰比怀疑地问道。

"一旦他发现自己被困，他才不管鸡呢！"男孩笑道。既然男孩决心要干，他骨子里那股自然原始的、和野生动物有几分相似的性子就开始觉醒了。他现在热情高涨。

那天晚上，男孩在杰比的农场吃晚饭。太阳下山后，鸡群都回到了鸡舍。高高的灰绿色天空上，晚归的乌鸦们正朝云杉树林中的家飞去。陷阱设好了，鸡舍的另一扇门关得严严实实的。

在干草棚对面，一扇大窗户开着，男孩和杰比用干草垛扎营，舒舒服服地藏在窗户后面，正好可以看见发生的一切。阳光慢慢从院子里、从屋顶上、从山坡上尖尖的树梢处消失了。傍晚的空气闻起来凉凉的，一种期待中的寂静终于来了，仿佛寂静的夜空也在有意倾听着什么。藏在干草棚里的两个人只能轻声低语。干草棚里，牛嚼干草的声音和腮帮子不时鼓动时的呼哧呼哧声显得异常响亮。干草棚的另一面，一只老鼠在干草里发出轻轻的、窸窸窣窣的响声，听起来特别刺耳。终于，院子地上的阴影起了变化，变得更亮、更显眼。一道银色的光沿着对面的山脉，掠过树梢滑了下来，茂盛的冷杉树沐浴其间。接着，鸡舍的屋顶变成了银色，一道神秘的灯光似乎要照进院子，在锯木架上、吊桶杆上和马车上留下一道道漂亮的光谱。杰比和男孩静静地看着这变化，心里很高兴。月亮慢慢从谷仓后面升起来了。

　　月光刚一照进院子，一个朦胧的影子就静悄悄地在鸡舍的周围轻快地跑过。透过后面木板上的裂缝，赤狐看见一扇小门开着。他想着没必要咬鸡，但得探索鸡舍内部。现在，机会终于来了。他小心翼翼地窥视着。所有的家禽都在栖木上睡得正香。斗鸡不在里面。赤狐知道，这些漂亮的高个子九斤鸡和黑米诺卡鸡很傲慢，但并不危险，于是便通过开着的小门自信地冲进去。门立刻掉了下来，随着身后响起一声尖锐的叩击声，赤狐漂亮的尾尖被狠狠地夹住了。

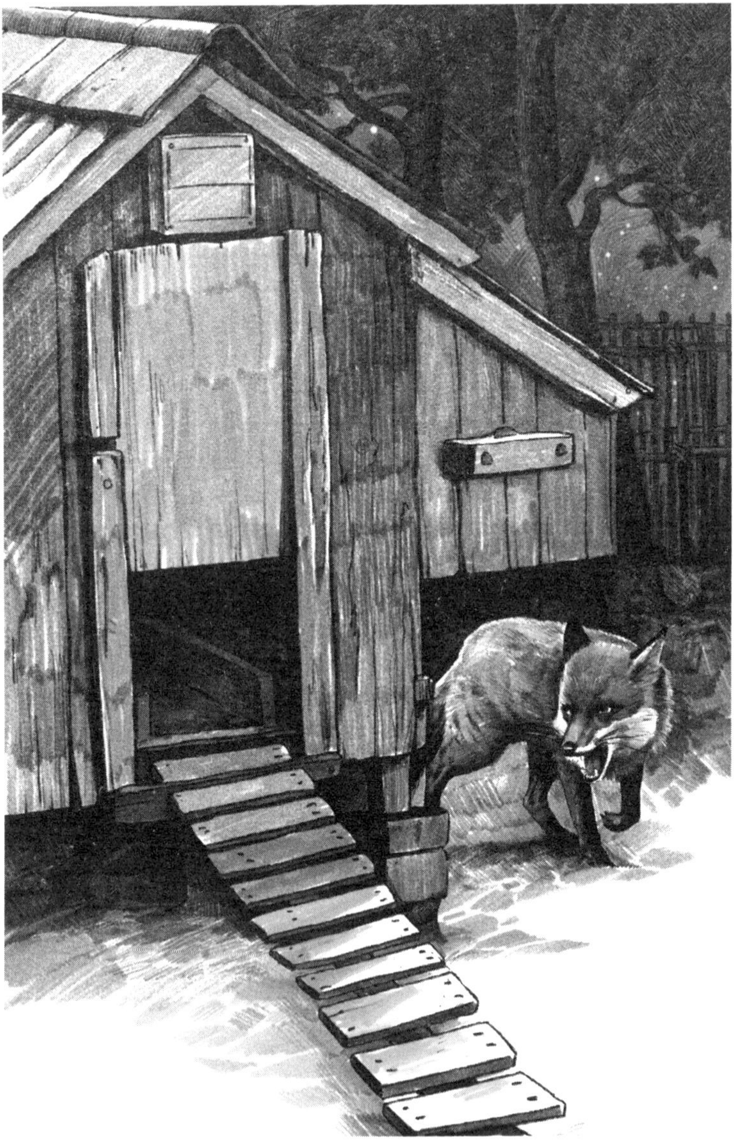

赤狐犹如一道闪电，立刻转身，试着猛地扯出尾巴。可是门死死地嵌进凹槽里，他疯狂地用爪子刨，绝望地用牙齿咬，始终都没法推动门。在一阵沉默的狂怒中，赤狐向另一扇门飞奔而去。可是，门还是纹丝不动。接着，赤狐慌乱地朝窗户跳去，鼻子抵住玻璃和窗框，但是根本没有用。他停了下来，蹲在门旁，聪明的头脑拼命地运转着。

与此同时，门掉下来的声响也把母鸡惊醒了。因犯赤狐的滑稽动作引起了极大的骚动，鸡群响起了咯咯的叫声。公鸡们嗓子特别响亮，但是和勇猛的斗鸡不同，他们并没有飞下栖木攻击入侵者。可他们的尖叫声也绝对不是毫无用处。第一声公鸡叫声响起时，两个躲在草棚里的人摇摇晃晃地走了出来，急急忙忙赶往鸡舍。

鸡舍的大门在另一端。男孩小心地打开门，把腿插在门缝里，杰比·史密斯从男孩头上往里窥视。眼前的东西引起了杰比一声惊叹，男孩精明地笑了笑。地板上躺着那只大狐狸，一半在月光里，一半在阴影里，在栖木前面了无生气地伸直了身子。咯咯叫着的家禽都伸长脖子，往下看着这只狐狸。两个密谋的人走进来，关上了身后的门。母鸡很满意，有人来帮助他们了，于是叫声也随之变小了。

男孩精明地微笑着，等待着。杰比用脚尖踢了踢赤狐长长的、软软的身体，抓住狐狸尾巴，把他提了起来，然后仔细端详着。"我发誓！"就像发现了一个奇迹一样，杰比最后大声喊道，"他要是不跑的话，也就不会摔断脖子！"

"好吧，"男孩说着，从口袋里掏出杰比借给他的小狗项圈和链子，"但我想我不会冒险的。"接着，他把链子和项圈接起来。然后，他把赤狐毫不反抗的松垮双腿用一条结实的绳子绑了起来。

杰比干巴巴地嘲笑男孩，但这个男孩仍然坚持自己的想法。

"你永远都不知道，杰比！"男孩神秘地说，"死赤狐要比其他大多数活蹦乱跳的动物都聪明，回家路上可能就会有意外发生。他可能会修补他那断了的脖子，你要知道，没准儿突然'嗖'的一声，赤狐就没了！"

"如果那畜生没死，"樵夫杰比自信地说道，"我就吃掉我的旧鞋盒。"

"别发狠誓，杰比，"男孩嘲弄地说，"冬天要来了，你可能还需要那些鞋盒呢！给我个旧麦袋子，裹上这个不幸的家伙，我马上回家，免得太迟了。也许明天早上你来的时候就会发现，我们家后院里有一只赤狐！"

"我还是现在就跟你一起去吧，"杰比说道，"这家伙太坏了，你不能和他单独走哩。"

第十七章
异乡的天空

赤狐被紧紧地裹进了麦袋子里,只露出来一个黑色的鼻尖。在男孩回家的那段漫长旅程里,赤狐没有露出半点生命迹象。男孩把赤狐夹在强壮的小手臂下,赤狐毫不动摇,英勇地忍住了剧痛,乖乖地连肌肉都没有抽搐一下。但是,如果扬扬得意的男孩突然想起,朝卷起的麻袋里看,他就会发现,在那个黑色鼻子的后面,有一双精明而机警的眼睛睁得大大的。被俘的赤狐不会放过任何一个记号。在洪水般泻下的月光里,他小心留意着,看看这两个人要带他去哪里。看着眼前银色的树木、田野和篱笆一点点地退去,赤狐心中很苦恼。痛苦、羞辱、愤怒和恐惧一齐袭来,但绝没有绝望。虽然自己现在十分无助,但赤狐知道他不可能永远都这样被人夹着。一定会有所改变。他伎俩多着呢,才不会以为自己已经输掉了这场伟大的比赛。

男孩打开麦袋子,放出赤狐,把他拴在谷仓一个宽敞棚子角落里的一根钉子上。男孩解开束在赤狐腿上的绳索,赤狐仍然无力地躺在地上,看着就像每一根筋骨都断了。樵夫杰比越发确信他已经死了。然而,对于所有的嘲讽,男孩只是答道:"明天早上回来看看!"很快,在欣赏够了鲜艳的皮毛、祝贺自己迅速获胜之后,杰比和男孩紧紧关上了身后的谷仓,然后离开了。

月光从一扇小窗泻进来,照亮了谷仓的中心,只有角落里仍然很暗。人刚一走出去,地板上刚刚还看上去软弱无力的赤狐求生的本能立刻被唤醒了。他想试试链子是否牢固,所以就用力跳起来,但链子立刻猛地往后一拉,赤狐的脚便跟着往后一扯,这足以证明,链子非常牢固。知道了链子的牢度和长度(大约两米)后,赤狐开始用鼻子和牙齿仔细地测试它。他用两只前爪抓起链子,仔细端详着每一个链环,从头到尾仔细看,一直看到了墙上的钉子。冰冷的铁链无懈可击,赤狐的牙齿咬得生疼,忽然,他又想试试看怎样才能把头上的项圈扯掉。赤狐往后退了退,全身绷紧,拼尽全力拉扯着,结果自己的喉咙却被卡住了,眼睛和舌头都快要迸裂出来。此时此刻,赤狐忽然想到被套索勒死的大山猫,于是他立刻停了下来。赤狐记得,那只大山猫被圈套勒死了。所以他立即停下，呼哧呼哧地喘着粗气。赤狐慢慢恢复了正常的呼吸之后，虽然他内心仍旧非常惊恐，但他立刻又想出了一个新主意。棚子的角落里有一堆谷壳和一两捆优质稻草，于是他小心地埋住链条中松弛的一段，然后偷偷向远处跑，他以为这样做，自己就甩开了这个固执的折磨者。可是，赤狐看到，那藏着的可怕的东西毫不屈服地跟着自己跑了出来，急切地把他的脖子用力往后拉去。此时，赤狐似乎意识到了自己的愚蠢。他坐直身子，思考了几分钟。发现自己目前无计可施之后，他蜷缩在角落里，索性睡了。

第二天清晨，男孩带了一碗水和一块诱人的红色鲜肉，来到棚子里。赤狐很蔑视地看了男孩一眼，高傲地退到自己的角落里，根本不理男孩。赤狐又饥又渴，可是看见厌恶的来访者，他十分不屑，完全不让对方看出自己的狼狈。男孩靠近赤狐，只见赤狐露出白白的长牙，眼睛里闪现出一股柔和的绿色，十分黯淡，看起来像虹膜上画的一张绿膜。这是赤狐释放的信号——走开！男孩很理解赤狐，顺从地走了。他刚一走，赤狐就贪婪地舔起水来，开始吃生牛肉。他可不想饿死自己，但他绝不会实现男孩的愿望——满意地看着他吃东西。

现在,赤狐这个不幸的俘虏过上了单调的日子,他每天徒劳地渴望着自己能出去,就这样挨过了四个星期。清晨和黄昏时分,每天两次,赤狐都会试图逃走,他一环接一环地测试着链子,满怀希望地把它埋在谷壳中。只不过,他再也没有尝试把头上的项圈扯掉,因为他怕勒死自己。与此同时,男孩坚持不懈,努力想赢得优秀的俘虏赤狐的信任。每天两次,男孩都给赤狐带来可口的食物和水,和他温和地说话,安安静静,循序渐进,诚心诚意,十分谨慎,可一切都是徒劳。到了月底,赤狐眼里的鄙视仍然像最初一样明显,没有丝毫妥协。每当"监狱长"男孩靠近时,赤狐还是像当初一样威胁地瞪着他,执拗地龇牙咧嘴。男孩始终无法驯服眼前的俘虏,于是便无奈地听从了爸爸的建议,决定卖掉赤狐。

赤狐的名声和他被捕的故事早已在环瓦克山一带流传起来。这一次,一个衣着考究的陌生人来到村里,想看看这只显赫的狐狸。男孩骄傲地尽了地主之谊,同时也遗憾地承认他并没有驯服这只漂亮又睿智的动物。来访者立即提出要买下赤狐。

"你买他做什么?"男孩疑惑地问。

陌生人小心地看了看男孩,大致明白了他的心思。

"卖给一些大型动物园，"他轻松地回答，"那里的人都会喜欢他的。"

男孩松了一口气，立刻同意了。他没想到陌生人会出这么高的价格。然而，假如他知道买主的真正目的，他一定会愤怒地拒绝任何高价，同时也不会管杰比是否同意。赤狐不会去辉煌的"动物园"，虽然在那儿，他会成为一个囚犯，但他会受到人类的精心照顾和喜爱。实际上，他将被带到南方偏远的广袤地带的一个狩猎俱乐部里，那里废弃的树丛才是他的归宿，在那里，就在猎犬把赤狐撕成碎片之前，赤狐的力量和狡猾才能真正发挥到极致。要是真追捕赤狐的话，樵夫杰比和男孩都会打心底里发怵。在他们看来，那是一种既定的、长期性的残酷行为。可是，如果他们咨询过赤狐自己的意愿，自信、不屈不挠的赤狐可能会选择和陌生人走，他宁可选择充斥着许多可怕危险的异乡树丛，也不愿选择"动物园"里那种安全但却毫无希望的生活。

然而，事实上双方都很高兴。男孩和杰比有钱了，赤狐被装进了有孔的结实板条箱，他很高兴境况有了改变，这意味着自己远离了谷仓里阴暗的角落。变化就意味着机会，至少，他又看到了暖暖的太阳，闻到了新鲜的空气。

环瓦克村庄离最近的火车站大约有二十五公里路，陌生人带着赤狐，上了敞篷的邮件马车。板条箱被稳稳地放在一些重盒子顶上，因此，赤狐可以看见，外面黄褐色和深红色交织的世界是那样色彩鲜明，他已经有很长时间都没有看到了。他蜷缩在板条箱的底部，透过间隙精明地注视着前方。他看得清清楚楚，可并没有显露出自己的情绪。他们一路穿过熟悉的树林和田野，然后路变得陌生了，但枯树、山峰、老环瓦克山以及赤狐一直以来做的标记都清晰可见。然后，马车越过一连串陡峭的高地，下了山，进入了安达努西斯崎岖的荒野山谷后，就看不见环瓦克山了。赤狐第一次感觉到自己完全成了异乡人、流浪汉。狭窄的道路上，花岗岩石、参差不齐的白色桦树、铁杉的黑斑、裸露的枯死树干慢慢靠近，赤狐第一次意识到，古老的山脉、山坡上的洞穴和瘦小的母狐狸都消失了。一时间，他对自己的智慧失去了信心，于是就低下头，绝望地把鼻子埋在双爪之间。

赤狐觉得经历了很长一段时间的颠簸，可衣着考究、坐在司机身旁的陌生人却一点感觉都没有。终于，偏远的孤零零的小车站到了,陌生人带着赤狐,来到一个像被红色洗过一般的棚子跟前,棚子附近有一个高高的水箱。他给赤狐喝了口水,还给了赤狐一大块鲜肉打发时间,但他并没有尝试向赤狐展现自己的友善。陌生人不像男孩,他可不想抚慰或征服赤狐的野性。终于,等了一个小时之后,火车轰鸣着,哐当哐当地沿着铁轨驶来了。站台上,板条箱里的赤狐睁大眼睛盯着火车,惊恐地退到了板条箱栅栏后面,以为世界末日到来了。吵闹的火车怪物停了下来,赤狐发现自己还活着,但却浑身发抖,几乎站都站不起来。紧接着,装着赤狐的板条箱被推入怪物的身体里,似乎赤狐的重量对怪物来说微不足道。火车的车厢不停地晃动,周围充斥着各种噪声,赤狐感觉很不舒服,头晕目眩。就这样,他随着怪物疾驰而去。直到在路上走了差不多一天的时间后,赤狐才开始能吃能喝了。他看见人们都还活着,没什么怨恨,似乎一点都不害怕怪物。慢慢地,他恢复了平静,重新鼓起勇气。这样过了整整一天时间,然后,就在赤狐发现自己可以掌控情况的时候,火车突然停下了,板条箱被拎出了车厢,然后又被放进马车里拉走了。一路上,马车穿过满是房子的原野,那里的房子稠密得像树林一样,接着穿过一片怡人的花园,这个花园一直延伸到了农场。最后,他们来到更加崎岖的地带,那里有牧场,有沼泽地,还有茂密的树林山丘。很快,马车停在一个宏伟的红色低矮建筑前,这建筑长着宽大的翅膀,人们让鞍马站在台阶前,自己躺在宽敞的门廊上休息。板条箱被放了下来,陌生人开始满腔热情地对着众人夸赞赤狐相貌出众,功绩显赫。人们一个个走上前来,看着陌生人的战利品,全都钦佩不已。

"如果他的本事跟他的外形一样出众,"一个人说道,"他一定能让猎狗群来一次史上最棒的搜寻之旅。"

"瞧这家伙那又酷又狡猾的眼睛!"另一个说道,"他肯定有满脑子的诡计。在我们把他那强壮的尾巴挂上墙之前,我猜他肯定能带我们进行好几次精彩的搜寻之旅!"

"我打心眼里觉得,他可能会把我们都耍了!"第三个人叫道。可这种实在的观点激起了一阵抗议。于是他急忙补充道:"我的意思是,如果这强壮的家伙有机会繁衍生息的话,这当然对咱们的狐狸品种来说是件大好事,对咱们俱乐部、咱们狩猎也是有好处的。"

这个建议吸引了几个支持者,他们建议把赤狐留下来饲养。可是，他们已经计划好下个星期二进行猎狐活动，离现在只有短短四天时间了，大多数人同意等那天的结果出来了再说。猎犬群上一次的搜捕很不尽如人意，现在猎狗们也不确定树林里还有没有狐狸。不管怎样，他们都想再来一次真正的猎狐行动，显然，眼前的动物正是他们所需要的。

人们把板条箱放在俱乐部会所前的草坪中间，然后打开盖子。瞬间，就像踩了弹簧一样，赤狐一下子从里面跳了出来。他的眼前是一片光滑的草坪，直通向一片枫树和栗子林。赤狐注意到俱乐部会所的另一边是一大片荒地，树木茂盛，灌木丛生。通往自由的道路太过明显，赤狐怀疑是人设下的圈套。他的脚刚一触到坚实的土地，就以加倍的速度径直向观众跑去。他飞快地在人们的腿间跑着，从最近的马匹肚子下面穿过，人们还没来得及之前再多看他一眼时，他就消失在马路对面巨大的杜鹃丛后面了。

把赤狐带回来的那个陌生人脸上泛着红光，得意扬扬，十分自豪。

"你见过这样的速度吗？"一个人喊道。

"这样的勇气呢？"另一个人喊道。

"他一点儿事都没有,老兄!"几个人立刻惊叹道。

"他要是走运的话,"他的第一个拥护者冷淡地说道,"咱们的狐狸品种终究会得到改善的!"

第十八章
四面楚歌

赤狐发现自己所处的新环境很符合自己的胃口。他的血液在重获自由的美好中奔涌。他几乎没有时间怀念那苍茫的北方和辽阔的环瓦克山森林。这里有浓密的树丛，有一块块的沼泽地，狭窄而又绵长的林地。在这里，直立粗壮的雪松代替了他钟爱的云杉和冷杉。被石头墙围住的绿油油的草地以及有着蛇形的栅栏。被忽略的多石牧场让他想起了自己的家。到处都是陡峭的岩石丘，树木茂盛，很多连赤狐都不熟悉的树木从土里长出来，到处都是蜿蜒曲折的小溪，狭窄而深邃，汩汩地流进一个水塘里。赤狐知道，那里肯定有很多野鸭。他爬到最高山峰，坐在一块岩石上，看见这怡人的新天地几乎完全被村落和炊烟袅袅的山谷包围了。除此之外，北边和西边还有一道紫色的山峦，像自己的环瓦克山一样狂野。他甚至想马上去那些山里，他不怎么喜欢周围的文明地带。但这只是暂时的怪念头而已。实际上，他挑不出现在这个地方的瑕疵。这里猎物丰盈，赤狐越是探索这繁杂的丛林，就越喜欢它。他在这里还没待够三天，就已经完全喜欢上这个地方了。周围似乎没有活跃的天敌，那些懒洋洋地躺在俱乐部会所门廊上休息的人，他们的家都在赤狐领地的外围，看起来似乎不太可能给他增添任何烦恼。

然而，第四天早晨，赤狐惊奇地注意到俱乐部会所前有一阵骚动。他站在小丘顶上，看到那些穿着红色衣服的骑手很快聚集在一起，他很想知道这些人要干什么。他们中间还有若干个瘦削的、穿黑衣服的女人，这些人有些神秘地靠在自己的马匹一边。突然，赤狐看到一群狗，他的好奇迅速变成了担忧。有十到十二条狗（他并不知道怎么数数）从俱乐部会所那边跑来。这些狗看起来就像以前村落里的棕褐色混血狗，赤狐以前曾多次智取混血狗，逃脱混血狗的追捕。现在，他记起了跟前不祥的犬吠声，好几次他都在远处听见过这声音。赤狐很快意识到，一场老戏将要以新的方式上演了。这场戏分量很重，颜色也很显眼。赤狐的心情很沉重，尾巴也垂了下来。不过他马上恢复了信心，轻快地翘起耳朵坐了起来，头侧向一边，像以前一样。他看着人们为对付自己做出的精心准备，敏锐的目光满是蔑视。然后他从自己的看台溜下来，跑向最艰险的沼泽地中央。

可是，尽管赤狐很精明，他还是有一件事没有想到，那就是猎犬的主人对狐狸十分了解。他知道，一有不寻常的事情发生，狡猾的陌生狐狸很可能会选择小丘顶上的那块石头作为看台。猎犬主人带着路，领着猎犬径直往那边出发，并没有打算立即找到赤狐。不过，赤狐温热的气味几乎立刻就被嗅出来了，远方浩浩荡荡的猎犬队伍叫嚷着，抬头夹尾，猛吸着空气里的气味，直奔沼泽地。整个队伍都跟了上来。

之前，赤狐听见的是一只猎犬的叫声，里面混杂着另一只愤怒的杂种狗的叫声。现在，他听见低沉而清脆的犬吠声，眼前的新情况，既紧急又棘手。为了应对这个问题，他觉得自己一定要多加了解目前的情况。他来不及在沼泽地里留下任何复杂的踪迹混淆视听，而是向更远的地方奔去，穿过最崎岖的地段，拼命地跑了约两公里半的路程。然后绕了个大圈子加速返回，又爬上另一座小丘观察敌人。

赤狐的速度非常惊人，所以他及时地看见，在他下面，追捕队伍刚刚从沼泽地那边走过来，他们穿过一片草地，到达了沼泽地的边缘。他饶有兴致地注视着这一切。看见那些黑棕色斑点狗的速度,他很惊奇,也有些怀念。猎犬们一只跟着一只,似乎对自己的任务了如指掌。更让赤狐吃惊的是马背上疯狂跟着猎犬的那些人。赤狐煞费苦心,尽可能地在路上设置障碍——高高的石墙,弯曲的篱笆,水沟、泥塘,还有蜿蜒的小溪。他轻快的身子十分敏捷,这些对他来说简直是小菜一碟,可他却惊讶地看见,那些人——马匹旁边的瘦小的黑衣人以及骑着马的红衣人——大胆越过了种种障碍。当然,有些人不幸倒下,有些人避开障碍,以待后续再重新加入追捕。但大多数人一直和猎犬队一起向前奔去,跨过一些棘手的路障,大步飞跃小的路障。赤狐心想,这些人和自己过去所了解的人——杰比·史密斯、小男孩,以及漫不经心、懒洋洋的长腿乡下农民很不相同。为了满足自己的好奇心,赤狐专心致志地看着,差点忘记自己在剧中扮演的重要角色。此时,犬吠声几乎近在咫尺。他立刻沿着山丘树林最茂密的地方飞奔而去,使出浑身力气穿过空地,但还是没能及时逃离追捕队伍的视线。田野里涌起一阵胜利的欢呼声,队伍穿过田野,抄了近道,节省了大量的时间。现在,赤狐的速度完全展现出来了,这些人很幸运,终于亲眼见到了。可由于被囚禁了很长时间,赤狐的精力大不如前，开始有些力不从心了。他继续穿过下一片树丛，跑过下一个空地，穿过一条宽阔的赤杨沼泽地带。可紧接着，如果有人在附近看，就会发现赤狐耷拉着尾巴，明亮整洁的毛发变成了一身暗色的湿毛。他停了一会儿，喘了一口气，然后开始要起自己以前的一些把戏。

赤狐跑上一棵倒下的树苗，涉过小溪，向上游跑了大约二十米远。他讨厌把脚踩湿，但还是毫不犹豫地跑进了水中，靠着岸边往下游跑了五十米左右。他算计着，现在自己应该有充足的时间歇口气了，可以之后再重新开始游戏。可那包抄的吠声再一次跟上来了。赤狐快步跑到赤杨沼泽的最远端，精明地迅速偷偷冲过草地，跑到下一个树丛，然后大胆地溜走了。令他惊恐的是，一群红衣人正骑在马背上，站在那里等他。他们发出可怕的叫声，赤狐知道，自己那些精心策划的战术都没有用了，他浪费了很多宝贵的时间。犹豫片刻之后，赤狐想往回跑。可追捕队已经到了赤杨沼泽。赤狐脑子一转，直接穿过追捕队，人群中一齐响起一阵雷鸣般的掌声。紧接着，赤狐跑向了另一片树林。

当赤狐到达树林时树影暂时能为他遮挡一下。他知道自已不能停,尽管他的心都快要炸裂了。他不敢再用自己的老把戏来对付这些新敌人。敌人实在太多了。他径直往前跑,相信自己能找到新的出路。猎犬现在不那么吵闹了,他们已经气喘吁吁,叫不出声了。赤狐有一点点欣慰。他奔跑着穿过灌木丛,跑过一个小牧场,但那里并没有出口。牧场的远端是一堵巨大的石墙,整个牧场一望无际。那堵墙的另一边可能有什么,赤狐不知道;但无论是什么,至少不会比这边的情况更糟糕。赤狐此时已经没有力气直接跳过去了,他先蹿到墙顶,然后才跳到了另一边。

第十九章
胜利

赤狐发现自己站在一条尘土飞扬的路上,两旁是石墙和浓密的箭杆杨。他继续沿着路中央跑了二十米远,他知道,中间干燥、坚硬的土地上不会留下他的气味。然后,他听见一阵金属撞击声传来,听上去像是一支颠簸但却从容的队伍慢慢走近。他藏在一处高大的树丛里,一直等到这支队伍走过去。赤狐伸着舌头,他几乎筋疲力尽了。牧场对面的树林里传来追捕他的人群的声音。

这一侧的队伍越来越近,在路的一个转弯处,赤狐看到,有两匹马拉着一辆笨重的大农用货车,司机在座位上昏昏欲睡。马车宽敞的棚子里装了几个盒子、一个水桶、一台风扬机、几袋饲料、一捆干腌鳕鱼和一包粗布。眼前的景象让赤狐想起了板条箱,从村落到车站的路上,他的板条箱旁边就是这些东西。当时,他坐在那驾马车里,感觉很安全。那现在为什么不坐上这一辆马车呢?赤狐没时间犹豫了。开放的牧场里,追捕他的人群声音已经很大了。马车经过时,赤狐悄悄地一跃而起，轻轻爬进了后挡板，蜷缩在风扬机下的一袋饲料后面。

不到两分钟工夫，追捕队就到了，他们从墙上翻下来，跑到车道上。在离赤狐藏身地五十米远的地方传来了猎狗的声音，他们有些摸不着头脑了。猎狗们里里外外、上上下下地搜寻着跟丢的踪迹，既困惑又失望，不住地呜咽着。小路的中间就是赤狐的气味，虽然很微弱，但绝对没错。可气味却在这里消失了，就好像是赤狐长出了翅膀，飞到了空中。这支队伍十分了解狐狸的诡计，他们分散开来，朝着不同方向，沿着两面墙的墙顶，分头寻找去了。猎狗们相信，这样找下去，最后一定会发现赤狐的气味，如果失败了，他们肯定会百思不得其解。不一会儿，田野上就有一阵忙乱的骚动。有人称赞赤狐这只猎物的计策，有人咒骂猎狗群的愚蠢。嘈杂声、惊奇声越来越大了。与此同时，赤狐在风扬机下紧紧蜷缩着，就这样被马车拉走了，距离差点被逮住的命运越来越远。最后，恶狠狠的声音在他耳边消失了。他的命运和智慧再一次共同拯救了他。

几小时后，那辆大马车轰隆隆地颠簸着，不慌不忙。赤狐一直静静躺着，慢慢恢复了体力。他想，马车把自己拉得越远越好，以远离那老练的猎狗群和那可怕的红衣猎人。最后，马车停了下来，司机猛地跳下车。赤狐听到马匹被解开的声音。以前在村落里，他经常在远处田野的藏身地里看人们解开马匹。他警惕地往前方看去。现在马车停在一个整修良好的宽敞棚畜场中间。在大约二十步远的地方，有一个茂密的灌木花园，高高的植物已经有些枯萎。花园外是一片树林，他能很轻易地到达那里。他偷偷从车尾跳下来，司机是一个长着棕褐色胡子的大男人，戴着一顶宽大草帽，恰恰就在这时，他转过头来，看见了自己载的乘客，惊讶地大叫一声。但顷刻之间，赤狐就消失了。

赤狐穿过醋栗丛和高大的蜀葵丛花园，很快就跑进了树林，事实证明，这是一个狭窄的林间地带。树林之外是一片开阔的牧场，到处都是小丘，几只草原红牛正在平静地吃草。在牧场对面的正前方不远处，赤狐看见了山脉。崎岖的山地里到处都是岩石，黑压压的全是成片的松树林，看起来很安全。赤狐心想，他必须去那里。但在山脉和牧场之间，有一座村庄坐落其间，预示着危险。

赤狐小心翼翼地绕过田野，他很害怕在空地上露面。可是，一只红牛还是瞥见了他，愤愤地盯着他看，直到其他红牛也转身加入进来。他们的牛角朝下，充满敌意地哞哞叫着。赤狐最不想要这样的关注，他很快就一脸憎恶地缩进了树林，从牧场侧面往前走去。最后，他来到一处高低不平的深峡谷，到处都是小树、野草和野藤。远处就是村里的第一座房子。赤狐躲在这里，静静地躺下来，直到黄昏来临。

最后，整个村子安静下来，大部分的窗户也暗下来了。赤狐大胆而谨慎地往前跑去。他来到了一条公路上，这条公路穿过村子，朝着赤狐向往的方向延伸出去。他沿着这条路，一直在路中央走，这样就不会留下任何气味。寂静的夜晚里，一只土狗嗅出了空气中狐膻的气味，冲出来狂吠着追赶赤狐。赤狐悄无声息地严厉惩罚了这个袭击者，最后，土狗逃回自己家门口，不住地狂吠着。村子里的狗都张开嘴，跟着叫了起来，赤狐愤怒地冲过一条小巷，穿过一个花园，跑过花园后面的田野，朝着那些高耸入云的黑魆魆的山脉跑去。几分钟后，村子里土狗的吠声就被他抛在了身后。最后，赤狐穿过一条哗哗流水的浅溪，接着地面开始升高了。周围全是野生灌木丛和古树，不一会儿，赤狐就爬上了岩石山，这里比他土生土长的环瓦克山更加崎岖艰险。他听到从树根处传来一些细小的吱吱声,于是便停下脚步,等了很久才捉到一只老鼠,这减轻了自己长期以来的饥饿感。然后他继续往上爬,爬到一个突出的岩石角上,这时,第一缕橘黄色的阳光出现了。赤狐满意地发现,自己处在一片荒野之中,周围是崎岖不平的山丘和水流湍急的峡谷,猎狗和红衣猎人是绝不可能来这里的。